U0931257

四季红

民国素人志

蒋晓云——著

文汇出版社

新经典文化股份有限公司
www.readinglife.com
出　品

目录 Contents

四季红

在地形狭长，形状像个烤地瓜的台湾岛上，台北市的信义路由东到西，横贯大半个台北盆地，以岛上标准衡量算条大路。靠近台大医院那边是“一段”，到了后来的一〇一大楼已经叫“五段”了。

现在信义计划区这一带是台湾首席商务中心，几十年前除了一座兵工厂和周围的眷舍，可谓人烟稀薄，一派田野风光。靠近山脚的丘陵带，更是墓园、坟山、乱葬岗参差，简直是荒郊野外。

当时本地有翁氏一族，几代勤俭，累积致富，成了地主。到了秀枝上面一辈，却出了个她老爸翁次郎，生性嗜赌，等当家老头子一往生，他那一支的几兄弟赶快跟赌鬼划清界限，早早分了家产。排行第四的秀枝出生时，次郎分到的祖产已经被变卖殆尽，只剩下没人要的一座小山丘和山脚下全家赖以栖身的一幢农舍。

山坡地订了长约租给人家种竹子，微薄的租金几年才一收，农舍又没有独立产权，连赌桌上也抵押不出去；家中其他一切典当俱空，两件不动产却因为无法脱手保留了下来。上面有三个哥哥的秀枝，在那年阳历二月底的动乱之后，本来是殖民地百姓箪食壶浆迎来的祖国政府，以清乡为名出动军队镇压本地示威民众，军警全岛追捕带头请愿士绅，外地口音的平民又受池鱼之殃遭暴民报复，岛上风声鹤唳，人人自危的那个春天，呱呱坠地。

附近有户姓郭的邻居，原来世居台湾中部，一年台风后浊水溪暴涨，河路改道，淹没了家园，郭家阿祖带着几个儿子来到台北打拼。他们先是承租翁家的田种菜，自产自销，勤奋发家，十几年之内竟然陆续从次郎手上买下几块地，后来还帮当黑手学徒出师的长房长子郭三福，在自家地里违章建起铁皮棚屋，开了铁工厂，带头迎向工业时代。

秀枝两岁那年，山坡地的租金到手还不够还次郎积欠的赌债，眼看生计无着，秀枝老母带着走路都还不大稳的小女儿去央求已经将菜地荒废，围起篱笆来堆铁工厂废料的邻居。

傍着郭家围墙旁的一小块畸零地种些菜，沿街叫卖，惨淡度日。

同年，国民党退守台湾，带来大批难民，也带来建设需要的人才和其他资源。

数年之内台北都市迅速向外围扩张发展，郭家脑筋灵动，配合政策自行拆除部分围墙让路，临街盖起铁皮棚顶的商品房出租给人开店营生。秀枝老母失去了种菜维生的畸零地，只得带着已经半大的秀枝去帮越来越发的邻居家打零工。郭家同情老邻居，即使刚满十岁，只能打打杂的秀枝，也让她和其他工人一起吃大锅饭不说，有时候还算给她半个工的工钱。

家庭这样穷困，秀枝小小年纪就要出去做童工，三个哥哥倒一直上学；原来翁氏家族早在清朝就拨有公田鼓励子弟读书；可是闽南风俗重男轻女，奉行“女子无才便是德”的传统，日后嫁人他姓，也不进翁氏祠堂享用香火，自然不受祖宗庇荫。虽然时光流逝，业已共和，翁氏一族仍然沿续旧制，只是“进京赶考”的“京”，从北京换到了东京。

甚至到台湾光复，从日本人手里收回以后多年，翁氏子弟凡是在校学生，也一律由后来登记为“法人”的家庙代缴学杂费用，还能领取生活津贴。在这个制度奖励之下，家族成员渐渐丢弃锄犁，离开水田，穿起鞋袜，着上衣冠。可是也有像秀枝三个哥哥那样的，天生不是读书的料，可是年年留级他们也都赖在学校里不走，从日文一路读到汉文，虽然花的时间长了点，个个也都混到了小学毕业，哪怕“国语”改了，兄弟们也都没有变成文盲。

“文盲”却是他们唯一的妹妹，秀枝毕生的耻辱。遭遇坎坷，秀枝早就认了自己的“歹命”，可是年纪渐长，她发现任何痛苦的记忆都能够随着时间消逝而冲淡，唯独“文盲”的印记如影随形，跟一辈子。哪怕人生过了半百，以为所有的苦难都成为过去了，但凡遇见一点事，只要人家大声说：“你不识字，跟你讲了你也不辨！”她就马上变得像尘土那么轻贱，好像随便哪个都可以踩她几脚。

“不识字，我这世人才会常常给人欺负，给人骗去！”秀枝觉得自己不能相信任何人。

这辈子第一个骗了她的是她的父亲。就在她十三岁初经来后不久，一天次郎告诉秀枝和她妈妈，有人介绍女儿去温泉旅舍做工，东家供吃住，长大几岁以后可以担任汤屋女中[①]，比在郭家和妈妈一起打零工“有前途”。

①指女佣。

秀枝妈妈原先舍不得已经是自己好帮手的乖巧女儿离开身边，尤其她帮佣的东主郭家，答应下月起如果再要秀枝去打零工，就付一个全工的工资了。可是爸爸次郎却不由分说，强势推开口中碎碎念着的老婆，要秀枝将仅有的几件衣物打了个花布包裹一提，领女儿出门搭上公共汽车，到台北车站又换乘火车，几番折腾，从台北盆地的东边来到北边的山脚下。

即使时间倏忽过去几十年，那天火车到站后，跃入秀枝眼帘的鲜活多彩景物仍然历历在目：火车站蓝绿色的木柱，咖啡色的候车座椅，灰色的水泥站台，黑色的剪票口铁栅栏，走出车站后的艳阳下蓝天，以及抬眼可见、硫磺气味扑鼻、烟雾缭绕的翠绿山丘。还有那个中年站长看着她的，带点忧伤的眼神都仿佛透着青色。可是她不识字，迎面木牌上清清楚楚“北投”两个大字，虽然在她的人生中留下如火烫般红的烙印，这块木牌在她记忆中却是被无限放大模糊成一片的黑与白。

秀枝和老邹相好后常常聊到那一天，她感叹地下结论:“我要是识字，昔日就会知自己到了哪里，有机会我就会偷走！可惜我不识字，我的一生都害在不识字啊……”

如果识字，秀枝总是这么想:那被卖到“四季红”的那天，她就可以走到车站去坐火车回家；如果识字，秀枝告诉后来终于成了她丈夫的老邹："我就会看白[①]我爸签的那张是卖女儿的纸。"

说卖太过，其实是押。秀枝老爸把虚岁叫十五的亲生女儿抵押出去十年，头五年是死约，收入归于东家，后五年三七分成，算活约，可以付出补偿金赎身。十年约满之后呢？烟花女子青春短暂，届时应该利用价值降低，去留随意。秀枝老爸次郎签约画押后，拿了他该拿的，把女儿交给大家尊称"女将"的温泉旅馆女管事，头也没回地走了。

"昔日他就那样走了，连一支冰都没有买给我！"五年后，实岁满了十八的秀枝哭着对她的妈妈说。

二○○○年，台湾大学生支持公娼也有工作权，反对台北市长废娼时，在教授带领下做过台北性工作者的田野调查，当时数据指出，台北市从事公娼的以自愿者居多，大学生据此认为：如果台北性工业全部转入地下，就有逼良为娼、强迫接客，以及其他种种不人道事情发生的可能性。

学生仔纸上谈兵的推论完全在上一世纪秀枝个人的娼妓生涯上得到佐证。在满十八岁，合格领取政府颁发的"妓女证"，

---

①指明白。

成为台北市“公娼”之前，秀枝就是个无牌的小“私娼”，不但要大量接客，不从就遭拳脚交加，没有达到足够的客流配额，就没有饭吃，月事期间如果碰上店里生意好，还被打针停经强迫继续工作，有时候生了病，就抓点草药吃吃，连医生也不带去看的。

从十三岁苦熬到十八岁，秀枝终于等到了领证成为受法律保护的“公娼”那天。这个台北娼妓的“成年礼”需要父母亲自到警察局盖章同意。彼日在北投警察局，是她离家后第一次再见她的老爸和老母。

“那日他就那样走了，连一顿饭、一支冰都没有买给我！”秀枝对狠心把她卖掉的父亲恨得不愿意再多看一眼，只顾抱着五年不见的母亲哭诉：“不是我爱吃，是讲他连看我一眼都莫！”

比记忆中憔悴的母亲用粗糙的手抹去女儿的泪，除了陪着哭，一筹莫展的她只能喃喃地安慰女儿道：“都是阮前世不修！你下世人一定要找到好父母……这也都是你的命！”

十八岁的秀枝没有办法像母亲那样把希望寄托到来世，她从小声啜泣渐至失望号啕。正跟警察在交关的父亲感觉受到干扰，转头狠狠骂道：“啊你是哭爸还是哭母！”

秀枝回嘴道：“我咁有父母可哭，你这样还算是别人的父母？”

秀枝老爸冲过去作势要打，被警察拦下告诫道：“喂！这里不能打人，是你女儿你也不能打！”顺手把已经缴好费用，贴了足够印花税票的一张证件递给了秀枝，说：“随身带着，临检的时候要拿出来查的，你离开妓女户的时候要记得来撤销。”

秀枝觉得“妓女户”很刺耳，她上班的地方是“四季红温泉旅舍”呀。她翻过那张内面贴着自己大头相片的证件，不认识正面几个大字是“妓女执业许可证”，而“妓户名称”一栏下面填的正是“四季红”。

四季红招牌上倒真没有注明“妓户”。从外观看来，四季红温泉旅舍也就是间进深极长，从门口看不见走廊尽头的日式木造建筑。

小小的前院栽有松柏，具体而微地造了景，只有一株樱花树，罔顾园中其他盆栽般谦卑的植物，旱地拔葱似的自在生长，张扬得突兀。沿街一寸未让的是座和式栅栏入口，当门却有一面中式照壁，上面还垂下两盏红灯笼，黄昏时亮起，行人经过就看见白色照壁上血红的店名。

在山路蜿蜒的温泉乡，像四季红这样提供侍应生陪浴服务的日式温泉旅馆沿着窄街一栋接着一栋，白天安静陈旧，连门口坐着打盹的看门人都像个入定的老僧，哪里知道入夜以后能热闹成妖精打架的乐园。

北投掺了温泉硫磺味道的风花雪月原来是日本人在殖民岛上的心头爱，二战结束，日本人被遣送回国，捧场客换了本地和唐山来的生意人，红灯依旧，风光旖旎。到了一九六五年美国介入越战，利用外围地区做后勤补给基地，台湾虽然没能像日本凭借邻国内战，工业和经济得以从战败后的灰烬里重生，也还是在越南遭受战火洗礼的恶运之中受到些小惠，起码几个官股单位拿到了一些美军军需用品订单，替台湾赚进外汇；某些民间休闲娱乐行业也直接赚到美元，因为台北和香港、东京、马尼拉、汉城一起列入了驻越美军的度假地点。只是当时一般来到台北度假的美军都只在充斥着洋泾浜英语，有西洋乐团驻唱的中山北路酒吧街上流连，罕得有人找到只通中文和日文，份属台北后花园的北投来。

虽然两地相隔不远，中山北路上的“披头士热”对硫磺起到的加温作用却很有限。在包厢中跑场了半个世纪的温泉旅馆“那卡西”小乐团，只把三弦琴换成了吉他和手风琴，持续唱着浓浓东洋风味的演歌，在弯曲起伏的北投山径上继续流转它特有的风韵。

除了跟随小乐团走唱的歌女往往有天籁美声（例如日后成了台湾歌后的江氏姐妹花），北投不少风尘女郎也能哼唱几句，好替人客酒后助兴。可是秀枝不会唱歌，她的五音不全，声音嘶哑。以前她妈妈就说过，秀枝稚龄时常常饿急而哭，很早就把嗓子喊坏了。

饿过的阴影可能对长大后的秀枝造成一定的影响，起码让她对食物特别渴求。贪吃也让她在四季红的前五年特别苦，年纪小不耐操不说，饭吃得又慢又多，整个抵触老板需要尽快从“抵押品”身上回收本利的原则。从秀枝老爸次郎那里取得秀枝人身所有权的妓户老板，在商言商，不讲感情，让秀枝往往在“当班”的时候，还要惦念着刚刚没吃完的那碗白米饭。

好不容易等到她满十八岁领证之后，和东家也发展出“不会跑路”的互信了，秀枝的待遇才好了一些，除了市政府为了避免性病传染，固定派人替有证妓女做免费身体检查的福利之外，还能留下客人的部分赏钱。可是秀枝的父亲或哥哥，却总是以各种名目来向她需索，要不到钱就逼着她向东家赊借，以致正式入行后的秀枝不但存不下私房，还倒欠了一笔账。

秀枝的生意也不算好，她虽然面相清秀，可是食量大胃口好，随着年龄的增长和身体发育，秀枝除了体型粗壮，身上也体味渐浓，客人对她这个“特征”的反应两极，虽然有人好“这一味”，到底不是人人消受得了的。

幸而秀枝领了妓女证以后，脱离雏妓的“地下工作”，成为挂牌的正式“侍应生”，得以拓展业务领域，而温泉旅馆的人肉买卖通常都始于陪浴，硫磺味道可以掩盖一切，所以秀枝虽然回头客不多，被“电话叫货”坐着摩托车到其他不供应侍应生的温泉旅馆“出差”的机会也不大，还不至于因为达不到营业额而挨骂。只是店里有位红牌叫玲玲，嗅觉灵敏，觉得自己对于香臭有权威定夺，一口咬定秀枝有狐臭，喜欢带头当众嘲弄秀枝。那时候没有“霸凌”一词，同为勾栏沦落人的姐妹打伙欺负看来有点迟钝的苦人同伴，只当是自己苦中作乐罢了。

秀枝满二十岁那年的秋天，一个本地人带着三个被谑称为“阿凸仔”的高鼻子洋人上门，年轻的一个脸上挂着腼腆笑容，另两个大叔样的身上挂着大包小包的摄影器材，看见“姑娘仔”就眯起色眼死盯。

保守的北投温泉乡侍应生不比中山北路什么都见过的酒吧小姐，四季红的姑娘们一听说来了美国寻欢客，又害怕又想看，像争睹西洋镜般蜂拥而至。日本式的温泉旅馆素来低调，从来内外严明，不打广告，一向靠服务和口碑做生意。女将看到手下的侍应生乱了规矩，兼之洋人带来的大阵仗，起先不免生气迟疑，却很快就被来客出示的美钞和翻译的如簧之舌说服，相信了允许“阿凸仔”拍摄汤屋，能招徕更多出手大方的度假美军。

莺莺燕燕听说和“阿凸仔”共浴时要照相，你推我攘，个个装出羞怯的样子，笑闹成一团，就是不肯轻易就驾。翻译带着三分淫笑提出要求，指明要大胸脯的小姐：“阿凸仔尚尬意大挃挃……”

大家就笑着把正跟着大伙儿傻乐的秀枝向前推。玲玲冷笑道：“独独好，她跟阿凸仔共一味！”

翻译换了慈祥的面容笑道：“看这挂三八查某啥咪都不白！写真出来是要登在全世界最出名的杂志上呢。那要登出来，就是代表咱台湾的第一大美人！不采有人来找去选中国小姐哦。”

“啊，秀枝是咱台湾第一大美人哩——”姐妹们讽刺地笑成一团，“真是笑到腹肚痛啊！”

秀枝本来并无所谓，可是众人这样不怀好意的嘲弄，让她感觉下不了台，就把脸一垮，僵硬地道：“我不去。谁人要去谁人去！”

玲玲忽然向前一步道：“那不，我们来去。”她转头拉上跟她素来交好的一个姐妹，一面说：“不当给台湾没面。”

玲玲的姐妹淘却对和看起来一身是毛的“阿凸仔”共浴心存疑虑，不甘心就这样被拉公差，一面轻轻挣扎，一面嘴里嘟囔道：“拉我做啥？写真也照不出臭味嚓。给她去啦……”

秀枝的个子跟心眼成反比，闻言收起一脸傻笑就要开骂，女将却走过来将众人哄散，还对挺身而出的玲玲二人赞誉有加。玲玲和她的好姐妹就像慷慨赴义，为“台湾第一大美人”封号而战的圣女那样，踩着绝对东方风味的碎步施施然走向长廊尽头的独立温泉汤屋，为台湾风月史上重要的一刻做准备。

翻译没有“膨风”（夸大）胡说，到了年底，一男两女三人共浴的艳照果然刊登在世界知名的杂志上了，不过主角是二十一岁，一脸陶醉神情的美国海军陆战队上士，为“阿凸仔”侍浴的两位“台湾第一大美女”，不但在图片说明中只字未提，即使在照片里也只出现了一个背影和另一个手臂夹着裸胸的大侧面。四季红是否就此门庭若市难说，可是“北投温柔乡”确实一炮打响，台湾成了越战美军度假的热门“景点”。后来台湾民间甚至传说就是这张把“复兴基地”宣传成色情之都的艳照，引起了“层峰”震怒，间接地导致十二年后台湾禁娼，让从十八世纪开始繁荣的温泉乡在上世纪八十年代初期全面走向萧条。

领导人有没有因为这个单一事件亲下指令全岛禁娼不可考，可是在北投风化行业起落的关键时刻，当时专政的国民党却的确产生了觉悟。也许是考虑到既然远在后山的妓户都开始有“涉外”活动，党工决定有必要组织个“北投特种侍应生工会”，来加强管理领证妓女们的思想教育了。这个把党的工作做到社会最底层的好主意，在开会时获得全体鼓掌通过，不过既然是额外的新业务，拨有专款专用，单位主管马组长就把草拟《北投特种侍应生工会组织办法》，发包给自己一个需要工作的小同乡，也算帮帮人家的忙。

马先生的小同乡大号李谨州，原来在大陆老家是个国民党的忠贞党员，自居中山先生的信徒，在大学时期就入了党，抗战前后更被指派管理家乡大县，成了一县之长，在地方上曾经是一号人物。可是追随国民党到了台湾，却在败军之将杯弓蛇影，“宁可错杀，不可放过”的氛围下，受人诬陷，冤枉被送去绿岛管训了几年。放出来以后，李谨州的“匪谍”记录让他求职时处处碰壁，哪怕学历经历辉煌，却常常在失业赋闲和找工作之间彷徨。他的大同乡兼同学马组长，虽然学生时代根本看不上国民党，到台湾后却在党部谋到差事，又因为生性谨小慎微，专门找些不痛不痒的事儿做，谁都不得罪，正是国民党到台湾后最看重的人才，于是扶摇直上，成了部门主管。马先生深谙为官之道，知道多出来的公事交给谁办都不讨好，既然拨有专款，就礼聘笔下来得，是个老公文老手的李谨州客串一下临时师爷，代代笔。

李谨州后来听说他草拟的《北投特种侍应生工会组织办法》通过后，哈哈大笑，问马组长：“马六爹准备请哪一位来做工会的工作呢？”马先生一时挠头支颐，口袋里还真拿不出个人。其实他也曾经非正式地征询过党内几个熟人，可是有家有眷的正经干部，谁会愿意出面去组织“妓女”？

“我给你保荐一个人，”李谨州神秘一笑，“准成！”

大家喊老邹的邹德培，就这样当上了俗称“妓女工会”的“北投特种侍应生工会”首任国民党籍秘书。工会理事长自然是由提供侍应生服务的在地温泉业者自行推举，不限党籍。

老邹是李谨州的小同乡，不过年轻许多。他上过私塾和三年小学，在老家本来是个游手好闲的小混混，依仗寡母溺爱，吃喝嫖赌样样精通，就是不务正业。这样一个痞子，却在抗日期间，被敌人的残暴激发了爱国情操，冒生命危险替国军做过和敌后游击队的联络工作。抗战胜利后他被国民党推选为当地“箩脚工会”的理事长。所谓“箩脚”就是当地的苦力，以在水陆码头挑着箩筐装卸货物的工人为主体，份子龙蛇混杂，除非是老邹这样游走黑白两道的，正经学校里出来的党团干部可管不了这些三教九流卖脚力维生的人。

那时老邹年纪轻轻就当了“工会理事长”，算是少年得志。以他的学养见识，自然分不出党和国和百姓，或者地方势力和工会理事长和官，之间有什么不同。老邹就把国民党派任的一个工会理事长当成当地苦力的父母官来干，着实在码头上风光过几年。也难怪后来老邹对誓言建立新中国秩序的共产党要望风而逃。

老邹年轻时沉迷风月场，只身离开老家时已经二十七岁了都还没有订亲；也不知道是好人家的姑娘因为他声名狼藉不敢嫁，还是他老邹眼光独特，从来不喜欢良家妇女？

老邹一心相信他的“党”会照顾自己。家乡易帜以后，他千辛万苦，辗转逃到了台湾，这才发现，他那个小地方的“箩脚工会理事长”头衔，一点用也没有，连台北“党部”的大门都敲不开。

老邹满口乡音，普通话也讲不好，没有拿得出的履历，又和本地人语言不通，堂堂一个管理层级的“理事长”竟然沦落到只能出卖劳力。然而老邹是戒过大烟的人，肩不能挑，手不能提，连卖力气也只能两天打鱼，三天晒网，只好厚着脸皮，到几个声气相通的同乡家里，当蹭饭帮闲的清客。

皇天不负苦心人，老邹在多年压抑，甘于放弃对从前身份的矜持，降尊纡贵以后，终于靠着同乡在国民党部里补上了个“工友”的缺，做做端茶倒水，在样板一样的选举场子上吆喝几声，倒腾一下票柜，帮内定的候选人冲高票数，诸如此类的龙套。可是薪水到手只够付房租和填饱肚皮。

“谨爹我要好好谢谢您老人家！”老邹听说李谨州推荐他出任新组工会秘书一职的事了。不仅如此，前任县长果然比师爷还懂衙门的门道，建议马组长在公文上替老邹拟了个“以工代职”的办法解套，如此一来，小学没毕业的前“理事长”

就不必经过铨叙，直接以“工友”的身份就升任了新成立的工会秘书。自然“妓女工会”与否，有没有其他候选人争取职位，就不在老邹这个当事人了解的范围之内了。

“我好比那王宝钏，寒窑苦守了十八春。”老邹高兴得唱起家乡的花鼓戏，没有留神从一九四九年熬到一九六八年，他比王宝钏还多苦了一年。

老邹对能“重返仕途”衷心感谢:“谨爹,我现在苦尽甘来，这一切都要谢谢您老人家！”

被老邹千恩万谢的前县长李谨州，做出戏中诸葛亮的表情，摆手微笑道:“你单身一个人，住哪里都方便。北投好地方，就是远了点啰。”

对在台北市中心生活的人而言，当时的北投是要坐火车去的偏远地带，新任秘书既然需要“勤访基层”，常跑妓户，党部替新成立的工会就地租借了一户民宅，简单装潢一下，当成宿舍兼办公室，方便党工做在地“侍应生”的工作。

这间民宅在四季红温泉旅舍的巷子底。因为地势是风水上的“路冲”，原屋主迷信，又正好家里出了点事，感觉不祥得不敢再住，竟然弃屋他去，以致空置了好一阵，廉租给工会，让国民党新张“衙门”来镇镇邪。

妓女工会的理事长是个虚衔，办公室里真正做事的就是老邹一个人。他替自己印了几盒“秘书长”的名片，其实是校长兼撞钟，手底下一个能帮着出出主意的师爷也没有。当地提供侍应生陪浴服务的温泉旅馆老板们，起先听说国民党派人来组织“猫仔工会”，小小有点紧张，在老邹新官上任的第一个月，来来往往地设过几次晚宴“博感情”，结果台湾“国语”对上湖南“国语”，鸡跟鸭讲，各自表述，次次喝得醉醺醺而归就是相互探不明底细。

老邹心想搞组织总先要造个名册。本来他可以去跟当地警察局调卷造册，可是他觉得不妨利用这个机会，和在饭局上认识的老板们拉拉关系，就勉力写了个公文，还盖上工会的红色大印，向各温泉旅馆索取侍应生的芳名册。

这下可惊动了整个温泉乡，连工会名义上的“理事长”，也不明白这个国民党派来的秘书抓耙仔[①]葫芦里卖的什么药。

老板们私底下串联，议论纷纷：来了，来了！早知道国民党比警察还麻烦，随时会抓人去火烧岛关，什么法院、调查局、情报局都是他家开的，连警察也是他家在管。这个“邹蔑”如果不是想挖大家的老底，有牌侍应生的名册在警察局

①指奸细。

和卫生所里都有，为什么出公文找店家要？

“马鹿！理事长是我们的人也没用吗？”一个老板骂道，“国民党在这里已经有警察还不够，现在还来个工会！”

众人决定把这新来的“国民党”和他们素来打点的黑白两道并列：简言之，就是“要人给人，要钱给钱”。

“邹蔑是贼仔！泥棒小偷都很卑鄙！他们就是要钱。”日式温泉旅馆业者习惯说闽南话夹杂日语。他们当面尊称老邹“邹样先生”，背地里就喊带有侮辱性质的“蔑”，甚至骂他是小偷。讲话的店家曾经当面给红包被前任警察局长臭骂一顿，才学会把钞票塞进茶叶罐里送礼，算是上过国民党官员的“身段”课，就对大家提出警告：“钱怎么塞要有技术，外省的都爱拿还假客气。”

众人相互点头称善，心里不约而同地想到，如果这个新来的“国民党”看上了哪家的姑娘就好办得多了，在靠“姑娘仔”吃饭的这些家伙脑子里，钱财还有尽时，只有女人胯下才是他们取之不尽、用之不绝的宝库呀。问题是，新来的“国民党”会喜欢谁呢？

老邹上班的时候开着门只看见一条冷冷清清的窄街，到了黄昏他下班打烊，办公室的门一关，他回到自己的小卧室里，外面那条蜿蜒向上的坡道却成了上西天的路；盘丝洞一间间敞开大门，传出酒客的喧哗和歌女缠绵的情歌，脸上红红白白的女人坐在摩托车后座呼啸来去。

老邹本来是个浮浪子弟，哪怕离家成了难民，只要吃饱饭后口袋里还剩几文，都会想往花街柳巷里钻。现在掉到了温柔乡，却自持好不容易得来的工会秘书“官职”不敢轻举妄动，晚上无聊的时候，只能隔窗张望外面的热闹，把巷子里坐在穿梭摩托后座的女人当成风景来观赏。

其实他这个妓女工会秘书，或是他自封的“秘书长”，白天也无所事事，只是从卧室走到办公桌前，对住同样一条巷子发呆。

北投的妓女要不待在自家院里等生意上门，要不由摩托车“送货”出门，一般不到门口揽客。可是秀枝喜欢在大白天不当班的时候，出来巷子里走走站站。很大的一个原因是姐妹淘们休息时共处一室，扎堆闲聊的时候，常常有人嘲讽她的体味。秀枝多心，只要有同事面色不豫地多看一眼，或者有人以手掩鼻，她就会愤而夺门外出，让自己消气。

秀枝常出去转转的这个习惯，让老邹白天的视线里多了一道亮丽的风景，他注意到在四季红门口发呆的那个高大白皙，爱穿绿色上衣和咖啡色裤子的姑娘。她不像他在家乡相识的妓女那样，总是歪着、倒着，只要有墙壁或柱子就靠了上去。他在心中暗暗为秀枝的风度喝彩：“啊呀！端庄！除了这个，没有一个站得直。”他想：难怪闽南话叫婊子“站壁的”，还真传神！

老邹在心里鄙视着他所熟悉的、留恋了一生的、职业爱人所流露出的职业风情，深深感觉只有秀枝不同，她即使站在妓户门口，也是那样稳重，像棵能遮荫的树，把他相好过的那些花花草草全都比了下去；老邹没听过“地母”这个词，也从不相信“一见钟情”这种文人编出来的瞎话，可是即使隔着距离，即使只是窥视，老邹一见秀枝，就想在她的怀里“永安他的魂灵”。

半年后，邹秘书终于把持不住他坐在办公桌前单恋式的仰慕，彻底向爱情投降，中了温泉风化业者设下的“美人计”，成了秀枝的入幕之宾。个子整整小秀枝一个头的老邹，最喜欢伸臂紧揽爱人厚实的胸膛，埋首秀枝的腋下。哪来什么狐臭？老邹的鼻尖只有费洛蒙的芬芳！

四季红自然不敢收“国民党”的钱，连带秀枝也做白工。姐妹们一面诧异老邹对秀枝的专情，一面又啧啧替秀枝惋惜成了白嫖客的禁脔。她们语带同情地议论被自己这伙排挤的秀枝，说：“秀枝有够衰，国民党一定不给小费！”

没有人知道老邹和秀枝的秘密，秀枝的男人没给小费，却主动交出了整个薪水袋：“哪，看喔，我只留下吃饭的钱——”

两人语言不大通，就比手画脚。老邹总是当着秀枝的面，用夸张的手势从薄薄的薪水袋里抽出几张，然后说一样的话：“剩下的你存着，替你赎身。”浪子的生活有了努力的方向，爱情滋润了他姜黄的脸庞，瘦小黝黑、典型南方农民模样的老邹，在高头大马的秀枝身旁看起来一点都不猥琐和矮小了。

秀枝听不懂老邹的乡音，这却显然没有造成和他交流的窒碍。她再抽出两张递回去，用不耐烦却仍然温柔的口气说：“哪有够？你不是爱吃烟？”她伸出并排的食指和中指在唇上一挥。

“戒了。”老邹微笑摇头，学她的样子比画着，还加了个干杯的姿势，“烟、酒都戒了。戒了省钱，钱省下来，替你赎身。”

秀枝紧紧捏着男人奉上的薪水袋，比洋女人第一次收到意中人的玫瑰花还感动，眼泪都快夺眶而出，满是爱意地用破碎的“国语”喊情郎：“老邹，多谢你。”

“咳，你谢什么?！”老邹干咳一声，不好意思地说，“你跟我还多谢！真是！”他学着闽南语的单词，声音里带着笑意和……娇嗔？

“谢谢你不弃嫌我是赚吃查某[①]！”极少张开双臂的秀枝，毫不犹疑地给老邹一个深情的拥抱。

老邹爱怜地抱住比他壮硕近半的女人，坚定地说：“你是我的查某，有钱了，才能带你走，有钱了，一定带你走！”

可是秀枝家累沉重，老邹那几个小钱杯水车薪，两个相爱的人又煎熬了三年，才在秀枝满二十五岁，被她父亲次郎画押抵押出去的合约满了之后又做了年把，才还清债务，成功脱离娼籍，和老邹正式登记结婚。为了把爱人救出火坑，邹秘书除了微薄的全部积蓄，还动用了所有的人际关系，甚至可能得罪了党内的某些人。

最悲壮的是，那个几年前爹弃娘嫌的“妓女工会秘书”职衔，也被党内“同志”打小报告给丢了。老邹不但被打回“工友”的原型，还回不了中山北路的党部。幸好彼时台湾还是国民党说了算，老邹就直接被党部派到台北风化区的警察单位继续“以工代职”，成了地方分局里的一名文员。

没有了工会秘书职位的津贴，老邹虽然还坐办公室，一

①指女人。肖查某指疯女人。

份警局工友的薪资还了为秀枝赎身起的互助会钱之后，很难维持小两口的生活，秀枝就表示她也要为家庭贡献，出去做工帮助家计。老邹万分不舍，抱着大个子娇妻痛哭流涕，用他家乡表达悲痛心情的七字调激动地哭唱道："秀枝你是我的妻，嫁把我来吃苦辛，有朝一日运来转，凤冠霞帔——加你身！"

秀枝一个字也没听懂。虽然不知道内容，也不明白丈夫为什么忽然就唱了起来，可是男人的眼泪，和听起来一如闽南"歌仔戏"里"哭仔调"那样悲切的调子，她立刻就和老邹心意相通，晓得了这是丈夫对她的怜惜和山盟海誓。

她流着喜悦的眼泪，把她的小男人揽入了如地母的怀抱，诚心诚意地说："没人对我比你更卡好。只要咱两人做伙，咱啥咪都不惊！"

不惊归不惊，"翁秀枝"三个字老学不会，秀枝就业通路受限，即便愿意卖劳力，一般劳工也被要求要填几张表格，签签到什么的。无奈只能选择家庭帮佣，可是她在"特种行业"里混了十年，也不怎么会做一般家务了，老邹只好把老婆先送到乡前辈李谨州的家里去"培训"，拜托当老师的李太太教教秀枝良家规矩。

秀枝住在李家天天思念丈夫，无心学习，胃口不减，还要李太太倒转过来煮给她吃。李家经济来源主要靠女主人的薪水，并不宽裕，多了个帮不上忙的大胃王，几个月下来看看不是回事，只好把老邹叫来，领秀枝回去，不过给他出了个主意，说是秀枝还有一把力气，别的事情不会做，可以帮人洗衣服。他们夫妻感情好，出去收人家的衣服回来洗，秀枝就不用出门工作了。

秀枝的家庭洗衣服务就此开展。老邹替她买了个收音机，她边搓洗衣服边收听广播，学了点“国语”，还学会唱一首台语歌谣，就叫《四季红》：

春天花吐清香，双人心头齐震动，有话想要对你讲，不知通也不通，

叨一项，敢也有别项，目㖸笑，目睭讲，你我恋花朱朱红；

夏天风正轻松，双人坐船在游江，有话想要对你讲，不知通也不通，

叨一项，敢也有别项，目㖸笑，目睭讲，水底日头朱朱红；

秋天月照纱窗，双人相好有所望，有话想要对你讲，不知通也不通，

叨一项，敢也有别项，目咬笑，目睭讲，嘴唇胭脂朱朱红；

冬天风真难当，双人相好不惊冻，有话想要对你讲，不知通也不通，

叨一项，敢也有别项，目咬笑，目睭讲，爱情热度朱朱红。

秀枝喜欢这首歌，跟她从前待过北投的四季红温泉旅舍没有什么关系，纯粹因为调子轻快活泼，符合她搓洗衣服的律动。不识字不能看歌本，歌词里有些字她不十分确定，可是每次唱到“有话想要对你讲，不知通也不通”的那一句她一定放开嗓子，欢快地提高音量和收音机里的男女声一起大合唱。她在四季红上班的时候，很多小姐因为歌曲和店名相同，都学唱这首歌，秀枝就奇怪自己那时怎么没觉得这首歌特别好听，应该把它学起来？

秀枝甩甩手上的肥皂泡沫，掠起散落到腮边的头发，把厚重的几件衣物泡在一个清水大桶里，等老邹下班回来以后

帮她一起拧干再晾晒。她有了身孕，大她二十多岁的丈夫对她加倍疼惜，要是看到她勉力而为，回家是要生气的！

《四季红》的轻快旋律又起，北投那个四季红已经离她远去，青楼十年就像一场噩梦，贫家女醒来时，已经是一个外省男人的爱妻，白天她用自己的双手搓洗别人家的肮脏衣物，帮着支撑起他们简陋却温馨的小家，而夜晚，她只有一个爱她敬她的枕边人。

婚后四年，秀枝和老邹的家添了两口壮丁，都和父亲一样生得矮小黝黑。秀枝洗衣服的时候把小的一个绑在背上，大的用接成长条的布带缚着，不让走远。

生孩子的时候，她没有像其他嫁给外省男人的本地女人那样回娘家坐月子，也没有娘家亲戚来帮忙，只有老邹替她着急，到处问了进补偏方和食物禁忌，自己请假在家照顾产后的老婆。在老邹心里，秀枝没有娘家，都是因为嫁给他这个穷光蛋的缘故。只有秀枝自己清楚究竟是为了什么她和娘家恩断义绝。

秀枝原来只是嘴上不肯原谅把她卖掉的老爸，也怨过母亲懦弱，坐视亲生女儿堕入火坑不救。可是父母毕竟是父母，她在正式领妓女证那年过年的时候，得到三天休假。文盲乘坐公共交通工具出趟门，真是谈何容易。她巴巴地提了大包小包礼物，一路厚颜问道，千辛万苦地花了大半天才到家省亲。

在她离开的五年之内，家里起了不小的变化，不但马路开到了山脚旁，次郎仗着有三个长大成人的儿子们围事，用卖女儿的钱修了房子，开起小卖店兼家庭赌场，肥水不落外人田，父子都在自家赌博，输了也能抽头，经济情况明显改善。这两年哥哥们还娶了嫂子，她还有了侄子，没有秀枝的家里一片兴旺，只是婚庆、满月都没有通知她出席。

“北投太远，”秀枝体谅地替家人找理由，“而且我上班的地方也不能随便请假。”

父母兄嫂收下了她补上的红包，一起围坐吃了午饭。饭后她准备晚上留宿，哥哥们却当着父亲的面说：“秀枝，你现在是赚吃查某，以后若没叫你回来，你就不要回来了！”

她立刻回敬了一串脏话，大哥站起来就是一巴掌打过去，二哥、三哥也作势要加入围殴。她像幼时那样大哭着跑向妈妈：“姆呀，姆呀，阿兄打我！”

她一把抱住母亲，激动地投诉：“阿姆你听有无？他们叫我赚吃查某，叫我以后不要回家，怕我丢这个家的脸！”

秀枝母亲苦着脸望女儿，这次她没有陪着流泪，只轻轻地说:“你的八字和咱家不合。你出去那么久，大家都习惯了。”

秀枝绝望地叫了声:“姆！”她边说边泣:“我咁是自愿做这途的？你敢说你们住的不是把我卖掉的钱？”

秀枝带着伤透了的心，当天摸黑回到北投店里。五年前被自己父亲骗去卖掉之后，头次回家，却连一晚都没有住就走了。

秀枝心胸并不像她的体型那么宽大，尤其父兄虽然嫌她丢人，不要她回去，却几乎每个月都以各种名目来找她要钱，搜括一空后，还向东家预支她未来的“工资”。秀枝对家人的恨直到老邹替她赎身，两人登记结婚了才逐渐消散。老邹说他们是明媒正娶，一定要去她家拜见岳父母:“我在台湾孤身一人，你的父母就是我的父母！我和你一起孝敬他们。”

秀枝很感动，想想自己从此也不再是赚吃查某，回去不会给家里丢脸，就同意了新婚夫婿要去岳家的请求。没想到不去还好，一去就大闹了一场家务，打出全武行，老邹双手难敌众拳，屈居下风，一路挨打，还亏得秀枝豁出命来替他挡住，让他飞奔去马路上拦了警察来救命。

等警察问清原委，居然是岳丈向提了礼物回门的女儿、女婿索讨“聘金”起的争执，而这笔聘金又牵扯到一张十年前立下的抵押人口的契约时，警察的脸色就很难看了，用很不客气的口气，对原本理直气壮的老丈人和大舅子们教训起来："贩卖人口是犯法的，如果这个今天没人告发，现场也没有看见契约书，今天就不抓这个。翁秀枝已经成年，她结婚不需要父母的同意，聘金的要求，谁也不能勉强，你们自己去协调。"转过头来问老邹："倒是你伤成这样，可以告他们伤害，你要不要告？"

老邹捂着血流不止的鼻子摇头。秀枝却气急败坏地叫道："看他们把你打成这形，当然要告！"

秀枝的哥哥骂道："饲老鼠咬布袋，你告我打他？我还要告你打我呢！"

"你才是我饲的老鼠！"秀枝恨声反击道，"我咁有吃过家里一粒米？这个厝内你们谁敢说没有用过赚吃查某的钱？"

老邹忙把又要上前和哥哥拼命的老婆拉住。拿出自己警察局的识别证给管区警员看，自我介绍是台北市第九分局的文员，今天都是亲戚之间言语不通引起的误会，不会提告，可是需要搭个便车去医院检查伤势，处理一下伤口。

警察本来想起对方几个不是良民，而是这一区聚赌的惯犯，就面色不善，完全倒向老邹，一看这边还是同业，又更加客气了几分，连忙搀扶上了警车。

翁家兄弟们以为妹妹找了个外省人警察，想想自己这边惹不起，秀枝嫁了等于自家金鸡母被人偷走的这笔“账”，看来以后也难要到了，形势比人强，次郎狠啐了一口，对女儿恶言相向：“干！以后我死都免你来拜！”跟着儿子后面悻悻然进屋。秀枝的母亲全程中立，始终未出一言帮任何一边。这个时候也跟着众人进屋，并没有多看回门却未得进门的女儿、女婿一眼。

秀枝临去，看着车窗外渐渐远去的老家，她知道家人痛恨老邹是因为他救她出火坑，断了他们的财路。自私的娘家，包括母亲在内，竟没有人替家中唯一的女儿找到了归宿高兴，反而把回门女婿，像抓到的小偷那般暴打了一顿。秀枝难过得流下眼泪，难道因为是不识字的“青盲牛”，就活该要像畜牲一样替人做苦工，任人糟蹋吗？她回过头来，坚定地对痛得哼出声来的丈夫说：“我再也不会回来这了！”

秀枝说话算话，后来果然没有再回过娘家。

母亲死的时候她被叫去医院见了最后一面，发送的时候她带着自己一家四口直接去了山上等待出殡的队伍到来。老爸次郎过世的时候，秀枝已经五十岁了，和娘家二十年不通消息，没人记得要通知她，到了写讣闻的时候想起还有这一门亲戚，哥哥们叫个和她没有见过面的侄女到她家来通知出席丧礼。她告诉年轻女郎："恁阿姑现在迫病，身体不好，不当出门，而且恁阿公也说过死后不要我去拜他。"

到了发送的日子，她还是把在外面做工的儿子们叫回家，要老邹写了父母的名字贴在墙上，摆了香案，全家磕了几个头。

老邹说："还来得及，就去去吧，我陪你去！"老邹已经退休。虽然年过七十，矮个子不显老，和小他二十多岁的半百妻子看起来是对匹配的老夫老妻。

"不要，我脚腿痛，不得出门。"洗了半辈子衣服，秀枝中年就得了严重的风湿病，这一年以来阴雨天基本卧床，其他时候也多数只在屋里坐着，很少出门走动，买菜洗衣烧饭全部仰仗她的老丈夫。秀枝幽幽地说："而且他说过不要我去拜他的。"更大的理由看来是被卖掉的女儿还记着仇："而且我也不想看到我那几个夭寿的阿兄！"

可是阿兄们却找上门来了。大约还是忌惮着曾经做过"警察"的妹夫，三个是一起来的，还带来了一个自称是"土地代书"的陌生人。他们来到妹妹住了二十五年的低矮铁皮违章建筑时，完全没有办法隐藏自己的吃惊，欺负老邹不懂闽南语，老三用讥诮的口气说："恁尪不是警察吗？咁没有收够红包？你们住这啥哈？"

老邹热情地招呼第一次光临寒舍的大舅子们："稀客！稀客！"他笑嘻嘻地说着，把几罐刚奔出去买来的汽水，放在简陋小屋中唯一的木桌上。用破碎的闽南话说："凉的，来，喝凉的。恁小妹咖[①]痛，不当呷冰，我们家里冰箱什么饮料都没有……"

秀枝抬手奋力一挥，把汽水罐扫落在地，对丈夫发怒道："谁要你给他们喝？你忘记你差点给他们打死？！"

翁家老二把地上的罐子加踢一脚，也怒喝道："秀枝，你嘛卡客气耶。我们是你阿兄，不是你的冤仇人！"

"你们用赚吃查某的钱，还不许赚吃查某回家看父母，你讲你们是不是我的冤仇人？"秀枝失去父母，不克送终和奔丧的悲痛忽然全转化成对兄长的恨意，歇斯底里地大吼起来。

"不跟你这个肖查某计较！"老大示意跟来的代书拿出一份文件，"你就在这上面签个名，拿身份证来登记一下，签完我们就走。"

---

①脚。

“我不识字！”秀枝恨声说，“哪知是签啥咪碗糕？恁不是说我青盲牛什么都不辨！”

“知你是青盲牛，”哥哥不屑地说，“你身份证借一下，在这里画一下就好了。”

老邹把文件拿起来，戴上老花眼镜看了一下，问代书这都是些什么？代书正要回答，翁家兄弟说：“跟他没关系，我妹妹签了就好了。”

秀枝说：“我已经被卖过一次了，你们不要欺负我不识字，肖想要卖我第二次！要想我签字，你就给我说清楚。”

代书不敢回答，偷看一眼翁家兄弟。老大点头道：“就告诉她又怎样？她是女儿，又嫁人了，本来就没份！”

原来翁家以前卖不出去的那两件地产，因为都市规划，成了宝地，有建筑商看上了要开发合建。翁次郎去世没有预立遗嘱，遗产由四个子女平分。翁氏兄弟是来要妹妹放弃继承权，好让他们能以继承人的名义把土地转让给开发商。

秀枝说：“为什么要签？绝对不签！你们当初不卖我，就要卖地，所以这块地留到今天是拿我这个人换来的，应该是你们签抛弃继承权才对！”老邹听妻子说得悲壮，也激动了起来，大声地帮着腔，用他那没人听得懂的湖南土话说：“娘卖×，杂种欺负我堂客欺负到我家里来了！”

翁氏兄弟听了妹妹一番抢白，配上旁边一个外省老头不知所云的吼叫，简直暴怒，如果不是身旁还有个外人，当场就要再打这对老弱的夫妻一顿。正吵得不可开交之际，声称腿脚不便，不良于行，始终坐在躺椅里说话的秀枝忽然站起，跑进厨房拖出一把菜刀，往桌面一劈，立即入木三分，可见用力之猛。秀枝披头散发，大吼道："别讲了，今日恁祖妈要跟你们分到最后一角银！”

这次老邹没有主张息事宁人，分产家务闹进了法院，缠讼了三年才和解。本来翁氏兄弟估量妹妹不识字，老妹夫七十大几的人了也拖不起，没想到老邹快八十岁了还很健朗，秀枝虽然从四十出头就病体支离，却有丈夫悉心照料起居，不但到了六十岁都还没有倒下，她的斗志更像鳖一样，咬紧了招惹的手指就不松口。三年来台北信义区的地价节节高涨，翁氏兄弟眼睛看得见肥肉，可就偏偏吃不到口，用尽黑白两道手段，也没办法让这对贫贱夫妻就范，最后反而是兄弟们积欠了赌债和律师费，被讨债公司追得自己拖不起了，主动弃械投降，要求和解。

官司结束后，建筑公司分给地主的房产还没到手，翁氏三兄弟就被迫转让还债。翁次郎留下的祖产，只有女儿秀枝一家守住，农历年后全家搬进了原址是她老家的崭新电梯大楼。乔迁之喜那天，病病歪歪已经不能像往日那样挺立的老年秀枝靠在矮她一头的老邹身上，笑看儿子们依照习俗，在门口燃放鞭炮，庆祝“新屋入厝”，心里充满回到老家的喜悦。生性记仇的她已经完全忘了婚后回门那天，曾对娘家割席绝交，自己斩钉截铁地说过“再也不会回来这”的话了。

傻女十八嫁

（一）津晶

韩津晶十八岁初嫁。新郎是她初中的美术老师路楠。未嫁之前，津晶身边除了学校男同学，还有街坊“怪伯伯”从小学起就没间断过的疑似性骚扰。上世纪六十年代台湾风气保守，边陲港城哪怕是本地人口中“莫规莫矩”的外省难民家庭，也不多见像津晶那样美丽早熟，出嫁之前就和异性有许多互动经验的年轻姑娘。

良家少女在外不守行为的先决条件是家里大人不管，津晶的母亲自从遭遇丈夫和独子同时丧命的人生大恸以后，精神始终无法振作。后来再嫁生子，又并发当时还没人听过的“产后忧郁症”，人时常怔忡失神，连主妇的本职都无法承当。继父又要上班又要照顾多病的妻子和年幼的亲生儿子，面对带不亲又叫不动，成天“野”出去的继女，虽然为了对妻子的道义和责任，在饭桌上多摆副碗筷，其实眼不见心不烦，对津晶去哪里、做什么从不过问。

津晶到台湾的时候已经七八岁，很记事了，对过世的生父和哥哥时常想念不说，连父亲生前任职轮船公司，天津老家是座小洋楼，父亲常和母亲穿着体面的衣裳，出去做客或看戏等等琐事也都清楚记得。只有某天晚上，家里开舞会，津晶和寄住家中的亲戚孩子，一个比她只小一岁却喊她“姑姑”，名字叫“琪曼”的小女孩，躲在楼梯上，偷看大人们男女相拥起舞，那个画面却疑幻疑真。尤其年代久远以后，不经意想起，津晶都有错觉那可能只是一场童年的美梦。

小津晶如梦一般的好日子太短，不复记忆，可是更多的老百姓根本连梦都来不及做，就走完了人生路。

那些年中国战祸连年，死的人多了！辛亥革命赶跑了皇帝，并没有迎来太平岁月。紧接着的是军阀割据、日本侵华，国境之内烽火不已。

好不容易熬到了一九四五年对日抗战结束，千疮百孔的国家百废待兴，国共两党的斗争却竟日加剧。内战战火从北向南延烧，津晶父亲费了大气力把工作调动到妻子娘家所在的上海，旋即发现也不是长久之计。他先安排侄子韩国清一家三口去台湾，又让妻子也带着小女儿过去。他自己有工作在身，又不想刚上学的儿子耽误课业，盘算等到学校放寒假，农历年再带儿子去台湾和妻女会合，一家团圆。哪知赶在小年夜搭乘的轮船，甫出吴淞口就被一艘货船拦腰撞上，父子双双遇难。因为是船公司员工，“自己人”没有买票，不在乘客名单上面，连“失踪人口”都没算上，最后还是靠获救的熟人才证实了死讯。随着船公司倒闭，补偿金也不了了之。虽说夫妻各有几个亲戚在台北，然而即使不是自身难保，也和他们住的基隆港两地相隔，交通不便，极少往来。母女靠典当支撑。两年后，津晶的妈妈在三十岁前夕带着拖油瓶女儿哭哭啼啼地改嫁了。

津晶的继父是造船厂的熟练技工，虽然比不上津晶父亲昔日的风度和职位，却也收入稳定，相貌端正，长得像个好人。继父喜欢孩子，比津晶妈妈小了快五岁，结婚前就和津晶很投缘。和津晶妈妈结婚，正式成了一家人后，情况却随着津晶的逐渐发育改变了。继父明显地主动疏远津晶，言行之间在和长大的继女保持距离，到后来更是除非必要，连话都懒得和津晶多说一句，自然谈不到取代津晶心里父亲的地位。

早年失怙也许是少女津晶对外寻求异性温暖的原因之一，不过路老师年近不惑，却轻易掳获少女芳心，原因可不只是小女孩有恋父情结那么简单。搞艺术的本来就比常人多情浪漫不说，路楠一生因战乱而流离，如浪子般漂泊的生涯虽然没让他更具人生智能，却让他对女人更有经验，就以先上车后补票的手段达阵，在津晶升高二的暑假里，拣了黄历上一个好日子摆桌酒，在女方家长没出席的情况下，把肚子已经隆起到出租新娘旗袍没法遮掩的小娇妻娶回了家。

新房很简陋，就是原来路楠的单身教员宿舍，在门上贴了个红色双喜字花算数。

原先屋里的上下铺床架舍不得丢弃，被推到房间一隅，前面小茶几一摆，床垫上堆放几个大靠枕，就成了张有置物顶棚的克难沙发。靠窗还是原先的画架和旧书桌。新添的家具有两件：靠墙一个七成新镶镜衣柜，和一张占据了整个房中央的双人床。

原本宽敞的一间统舱大房这么一弄，顿时显得逼仄，幸好墙上高高低低新贴出许多女人裸体素描，记录着津晶如何从一个十五六的美丽少女，成长为十七岁的小女人，到孕育着小生命的十八岁年轻孕妇的人生，让一间陋室平添旖旎风光。

路楠自称流亡学生，说是十来岁就离开了烽火连天的家乡，抗战时期流浪了几乎整个中国大陆，家人早已因为战乱失联，自己没结过婚。日本投降以后他应聘到山东当中学教师，国共内战的时候随学校辗转先到澎湖，最后移居台湾本岛。路楠男人女相，又留着艺术家特有的凌乱长发，眉虽不浓，深深的双眼皮下却有一双受惊小鹿似的眼睛，对女人依恋相望的时候，能激发年纪小到可以做他女儿的女孩涌出浓烈母性。

嫁了一个奔“四张”，还在女学生眼睛里寻找自己水仙花般倒影的男人，津晶的蜜月还没开始就结束了。丈夫在以她为裸模的最后一张画作完成时，毫不痛惜地一把抓皱了扔开，皱着眉头对大腹便便的妻子抱怨道：“一下笔我就知道这张不成！谁说母亲是最美的？狗屁！你看你现在这个样子，画得好才怪！”

孩子出生后，前三周还挺热情的父亲也试着画过小婴儿，可是除了几张熟睡着的像天使，醒来会哭闹的初生儿却让他感觉来了个破坏人生所有美感和安宁的小怪物，曾经美丽的小妻子也不再给他百分百的关注，成了一个蓬头垢面整天被小怪物支配的俗物。津晶还没出月子，路楠已经尽量躲远，经常在外面打一整夜的麻将，逐渐几天不回家也成了平常事。

孩子三个多月的时候半夜忽然发起高烧，津晶焦急地睁眼等到天亮，去学校也找不到丈夫，无奈抱着连户口还没报，学名也还没起的婴孩回娘家求援。

继父上班，弟弟上学去了。母女个把月没见面，津晶发现母亲比以往更加精神恍惚，眼神涣散地呆望着女儿和外孙，对津晶开口借钱给孩子看病的要求恍若未闻，口中喃喃地说些听不懂的话。到了中午津晶看见妈妈还晓得开煤油炉子，去热隔夜菜当中午饭，又燃起希望，再度求情。妈妈却自己吃起午饭，没有问一声女儿要不要。

母亲吃完后跟她说了句："你还不走？"又自顾自关起房门睡午觉去了。

自己还是个孩子的津晶就抱着始终呼着热气，却不再高声哭闹的婴儿，在她从前的小床上半躺半卧、醒醒睡睡地饮泣了一下午，直到黄昏时分继父带着弟弟，推着单车，提着菜篮回来。

"先吃饭吧。等吃完了饭，再拿钱给你带小孩去看病。"继父皱着眉头简短地交待两句后，径自走进厨房。

吃饭的时候，津晶把孩子放在床上，怕发烧的孩子吹了风，还特别盖上厚厚的被子，才带上房门出去。就那么一小会工夫，等她吃完饭过来，准备抱孩子出去看病的时候，小小的身躯已经凉了。

（二）金晶

“金晶，你别在这里混了，我看你嫁给我算了！”人称“胖哥”的丁蟠格就着津晶手上的筷子吃了一块白斩鸡，自己拿过酒杯浮一大白，半真半假地当着一桌子的人求起婚来。

在这里花名叫“金晶”的韩津晶，娇笑着用手绢拭去酒客胖脸上混合着唾沫和鸡油流下的残酒后，熟练地点上一根烟，自己先深吸一口，再送到男人厚厚的唇边。窗外“白美人大酒家”的霓虹灯透过百叶窗的缝隙，闪烁在酒女们钉了亮片的旗袍上。

“好呀，胖哥，把这三杯干了我就嫁给你！”津晶豪爽地把眼前的酒一饮而尽，“这杯我先干！等你明天酒醒了不赖皮，我就搬到你家去做你老婆。”

灯红酒绿的地方只有青春值钱，可是批发带零售，消耗得也快；这才多大点工夫，津晶已经快要忘记自己的前半生，曾经是一个十八岁的小母亲。她和前夫之间的婚姻是为肚里的“爱情结晶”而成，失去了这个初衷，两个人好像没有理由要在一起了。孩子夭折后，伤透了心的津晶无师自通地成了个泼妇，路楠从她心里高高在上的神坛上跌了下来，不但不再是值得尊敬的老师，更不再是那个喊她“我的维纳斯”的伟大艺术家。津晶披头散发，口中恨恨声痛骂：“废物！你不养老婆、小孩，你算是什么男人？”

路楠出去逃避，又是几天没回家，津晶想起耽误了孩子就医的恨事，就拿着一把菜刀坐在门口等待，到丈夫终于回来了，一扬手把菜刀当成飞镖扔过去，一面大喊着迎上前：“凶手！我要杀了你替我的孩子报仇！”

男人受惊之余没有想到凭体型自己占尽优势，反而被女人的气势吓得拔脚狂奔而逃，津晶把命豁出去一样地追赶，直到被邻居和热心路人叫来的警察合力拦下。发了狂的小女人力气大到几个男人抓着都感觉费劲。熟人知道津晶妈妈的情况，认为不无遗传的可能，劝路楠离婚。学校方面怕出事，想方设法地让路楠预支了三个月的薪水给津晶当成赡养费，让她在离婚协议书上签了字，快快搬离教员宿舍。津晶就拿着婚后第一次看见的丈夫薪水袋，连娘家都没有回去道别，头也没回地离开了伤心地，径赴台北闯天下。

津晶乘火车到了台北，就近在龙蛇混杂的后火车站一带找了个三夹板草草分隔，租户各只有一张床的廉价分租房落脚，然后天天出去买份报纸，在分类广告的求职栏上谋职。

台北物价高，没过多久，她那点赡养费已经坐吃山空，可是工作还是没有着落。哪怕津晶再不谙世事，至此也觉悟像自己这样没有靠山和关系，高中都没毕业的女人，即使在繁华台北也根本找不到工作。她住的地方离从前叫“江山楼”的风化区不远，走出去买份小吃都要经过几家店名香艳的“酒家”，酒家大门上长期贴着招聘“女侍应生”的红纸条，统统注明“不限省籍学历，无需经验，体健貌美，即刻上班，可先借款”。津晶每次走过都会看看、想想，可是像她这样没见过世面，也知道那些不是正经地方，就没有进去。

四个月后的一天早上，房东来催缴房租未果，对津晶骂起粗言秽语，并且威胁当晚就要换掉门锁，把她扔出去。津晶关起门哭了一会，泪干了，人却犯了傻；除了自己无家可归，无依无靠的现实，她的脑子里一片空白，一点办法也想不出来。

津晶呆坐到黄昏，忽然想到房东就要带人来换锁了，吓得一跃而起，出门走到最近的一间“酒家”就入内应聘。

招工的一对男女要她把外套脱掉转了个圈，没问几句话就录取了，而且当下让她拿身份证抵押，“借”了点其实是高利贷的薪水，把欠下的房租还了，津晶算是生平第一次靠自己对付掉眼前难关。酒店的人要她改名“金晶”，即日上班。妈妈桑带着仁慈的微笑对她说：“金晶啊，咱自己人了，有需要借再个来，免客气！”

金晶欠钱不多，又不懂闽南语，不会唱日本歌，加上一开始说要做“清的”，妈妈桑为了避免麻烦，就替她安排接待些斯文客人。

当时台湾戒严，文化事业管控严厉，公家报纸销量差，两家民营大报都不愁没人拿着银子争取广告版面。“胖哥”丁蟠格是大报工商版业务员，拿新闻企业的死工资和广告公司的活回扣，算个“文化人”，酒家就是他的办公室。虽然没有大的势力或财力，胖哥的胖脸上总是笑嘻嘻的，与人广结善缘。酒店应酬有酒和美人助兴，难免要香面揽腰、摸手捏腿，可是他一般不带小姐出场，算一位风月场中难得的绅士。口袋虽然不深，人面却广，“罩”一个新进小酒女还不成问题，两人有缘，胖哥就成了津晶的“恩客”。

津晶堕入风尘转眼一年，收入虽然增加，可是开销也跟着水涨船高。换了个稍微好点的小套房要多付租金吧？以色侍人要买胭脂水粉，又要置装吧？跟姐妹淘一起总要社交一下吧？再加上吃零食、打麻将、抽香烟这些新习气，更有欠款的利上滚利，赚来的钱由手到口一转，就像变魔术一样地不见了。

她嘟囔做酒家女赚不到钱，妈妈桑就拱她赚出场费。津晶认真考虑以后，却觉得生张熟魏零星出卖，还不如嫁人只要伺候一个男人。胖哥虽然年纪大得可以做她父亲，可是养活妻小应该不是问题；至于丈夫候选人的人品、学识、前途、感情以及其他“细节”，就不是津晶当时的条件和智能所能考虑到的了。

才只二十一岁，人生应如朝露一般清新的时刻，津晶已经走过一个女人感情和婚姻的大起大落；她的甜蜜初恋开花结果，可是所托非人却留给她家破人亡的伤痛。津晶的爱情和她的初生儿一起早夭；生活把花样少女逼成了一头为了生活挣扎的小母兽。津晶再不犹豫，抓住胖哥酒后一句玩笑话，拖着半醉半醒的老新郎，在文具店买来的结婚证书上签名盖章，把自己救出了风尘。

那时国民政府败退海岛已经十几年了，官家还天天喊“反攻大陆”不脸红，有人说是“愚民政策”，特务机关就“记取丢失大陆教训”，把批评政府的人关到绿岛消音，维护社会安宁。既然控制舆论，办报就要特许，除了公营的党报，三两张民营执照只交给信得过的自己人。传媒版面有限，广告业务员成了肥缺。胖哥的收入不错，自己花天酒地以后，还有节余养家，津晶二嫁后过得很好，过年的时候还提了礼物回过基隆娘家。

胖哥虽然娶了个“小”妻子，自己心里却另有打算。他跟很多只身来台的外省难民一样，明明不怎么相信，却又痴情无悔地在等政府兑现的承诺；他随时准备好抛下台湾的一切，回去家乡和父母、发妻、儿女团聚。

台湾这个“家”对胖哥来说是临时的，小妻子也是临时的，除非元配让他纳妾，胖哥跟津晶并没有做长久夫妻的打算。可是胖哥有良心，他劝津晶去上补校，把高中读完：“如果你有张高中文凭，我可以把你介绍进报社。”胖哥怜惜地对她说：“我比你大了二十五岁，你这么年轻，我帮你还债，把你从火坑里拉出来，并不单是要替自己找个人。”

津晶不明白中国男人有用“纳妾”“养情妇”这样的形式来进行社会救济的善心和传统，一开始并不领情。别说她离开学校那么久，嫁都嫁过两次了，生过小孩，当过酒女，津晶早已失去了向学之心。不过胖哥晚上去酒家“上班”，她闲着也是闲着，后来也就接受了丈夫要她去上夜间补校的安排。

津晶读书的底子其实不差，如非战乱，她也是书香门第，曾经幼承家教。虽然高中只读了一年，回炉上补校直接就考插班进了高二。数理化跟不上，国文和英文却都读得很好。补校学生程度普遍不如正规学校，津晶的国文、英文每次都考全校第一。可是功课这样出色，津晶还是没能拿到高中文凭，因为就在最后一学年，她的学业“赞助人”胖哥在酒家“办公”的时候，中风倒下了。

平时胖哥钱赚得不少，可是花起来大手大脚，积蓄有限。人不能上班，就没有收入。他们的房子是租的，一个月不付，房东就要赶人。那个时候台湾没有医疗保险，开门七件事要花钱，生了病更要花大钱。这个小家很快就坐吃山空。胖哥有朋友听说过津晶“英文好”，就介绍她去天母洋人家庭当住家保姆，挣钱贴补。胖哥急救后保住性命苟活下来，却已经口齿不清、半身不遂，为了长期照护，朋友帮忙送进郊区的疗养院。房子退租节省开支，津晶把返还的押金、手头变卖所剩的一点生活费，连同报社的退职金一并预缴了两年的住院费，自己净身而出，感觉对胖哥仁至义尽，含泪而去。至此空有一纸婚书却没登记户口的老夫少妻一拍两散。

胖哥原来只做临时打算的家果然没能长久，津晶的二婚只维持了三年。

（三）珍妮

“君君，居居，”女主人噘着嘴学了两下就放弃了，“你没有英文名字吗？你想要一个英文名字吗？叫珍妮好不好，小名是‘珍’，我觉得跟你真正的名字很接近。你看怎样？就这么定了！”

看起来年过不惑，其实还不到四十岁的洋东家夫妻俩都在美军顾问团上班，先生是上士，太太是国防部聘雇人员，虽然是平民身份，名片拿出来是“亚洲安全专家”，职务比丈夫繁忙，地位也更重要，三天两头要去琉球、日本、韩国和东南亚各个美军基地出差，常常不在家。

先生的上下班时间看来很固定，可是即使晚上不出去，也都找了朋友到家里喝酒玩乐，偶尔夜不归营，阳明山脚下偌大的一套平顶洋房就只有津晶一个人和条大狗同住。留守大屋，到了夜里风声呼呼吹动树梢让津晶很害怕，狗跟她亲，她就让狗睡在她的脚头做伴。

洋人夫妻见面行接吻礼，津晶以为他们很恩爱。可是几个月后的一个夜半时分，主卧房里男吼女叫，东西摔得乒乓一片，动静大到睡在厨房这半边的津晶都被惊醒。她原来没想管闲事，后来听见闹得像要出人命，才悄悄起身开条门缝偷窥，却看见女主人拿了行李独自开车离去，两夫妇就这样在津晶的眼前分了居。可是次日男主人如常吃了津晶做的早餐后出门上班，好像什么事也没有。不过从此以后，津晶的东家就从一对夫妇变成了一个单身男人。

太太给津晶起了英文名字以后从来没有叫过。也不知道是哪里的方言，还是就是英语，洋婆子管津晶叫“阿麻”还是“阿妈”。津晶觉得那是“老妈子”的意思，很不喜欢，幸好先生愿意叫她“珍妮”。

“珍妮，噢，珍妮！”男主人热情地呼喊芳名。

“法罗先生！”津晶响应。

“叫我马克。”马克喘息甫定，对着津晶双唇深情一吻，温柔地说，“珍妮，我爱你！你是我的天使！你救了我！”他翻下身去，点了一支香烟给津晶，自己再另燃一支，转脸向着津晶问道：“珍妮，我够好吗？我让你快乐了吗？”

津晶说：“你很好！”忽然想起最近学会的英语“好”字“比较最高级”，又加上一句：“你是最好的！你是真男人！”

马克满意了，却又狠狠啐了一口道：“母狗居然敢说是我的问题！她才应该去看医生！你知道我最不能忍受的是什么吗？就是她一个死老百姓来我们队上指手画脚上保密安全课。她懂个屁！别人不知道她的底细，我可知道那淫妇就是个人尽可夫一路睡上去的牛皮王！”

津晶的英语没有灵光到可以和洋情人聊天，可是猜也猜得到于公于私都强势的老婆让丈夫在卧房里威风不起来，以致夫妻失和。久旷的丈夫这也才被年轻女管家散发出的异国风情和青春气息所吸引，让津晶睡进了主卧房。

在津晶眼里，面型瘦削、顶着一头稻草色短发、体格过于健壮的洋鬼子马克并不是一个英俊的男人。外国男人的粗糙皮肤、过盛毛发、浓厚体臭，让津晶抱在怀里感觉像抱家里那只拉布拉多犬——厚实、安全却无法激动起她的情绪。可是一开始马克到佣人房里找她的时候，事后打赏用的都是二十元面额的美钞，那个含糊的绿色照亮了津晶的眼睛，让她诚心诚意地用有限的英语替受挫的男人打气加油。即使在酒家的日子不长，津晶到底是在风尘里打过滚的，比良家妇女懂得取悦男人。在威而刚，或伟哥，那种药还没发明的年代，马克找到了属于他的灵丹妙药，他觉得自己再也离不开这个叫珍妮的亚洲女人了。

原来洋人也爱传是非，马克和老婆一离婚，旋和不会说几句英语的本地女佣搞七捻三瞒不了人，天母美军小区里传得沸沸扬扬，马克的长官和同僚都在背后讪笑。

可是洋人职业不分贵贱，谈情敢做敢当。马克不畏流言，爱得高调。津晶反正不是外派洋人社交圈里的，听不到闲话，即使听到了也听不太懂。她的生活改变不大，只是从佣人房搬到了主人房。

其实津晶成为女主人以后，并没有更开心，因为她虽然付出同样的服务，马克却不付薪水和小费了。洋男人不给主妇固定家用，按他们的规矩，日常用度，包括女人“买花戴”的开销，据实“申报”也就是了。当时美金和台币官价交换汇率是一兑四十，黑市的行情更高。中学教员一个月薪水换算不到五十元美金，美国大兵比国民政府不贪污的官员还阔绰。津晶傍了个洋阔佬，可是连买菜都要请款，感觉犹如空入宝山。

然而马克很有诚意，津晶一怀孕，他就求婚；还一面打报告申请结婚，一面请调回美。他说不能在落后地区成家，他要回去“伟大的亚美利坚”生养孩子。在那个台湾戒严的封锁时代，一般百姓哪敢妄想？

津晶才听到马克说要娶她，带她去美国，就迫不及待地点头：“I do！ I do！”一边流下了三嫁得觅佳婿的喜悦之泪。

（四）津

前面一块开放的小草坪，后面一个木篱笆围起来的小院子，三房两浴的平房在台北天母是让人羡慕的“洋房”，建在美墨边界军事重镇的“埃尔帕索”，却显得如此不起眼。小区整齐却单调，一排排建材普通，像饼干模子倒印出来的小房子鳞次栉比，和不远处军事基地用来当办公室的活动房屋看起来像难兄难弟，毫无建筑之美。

津晶麻利地把九岁的女儿和七岁的儿子安顿上车，准备载去学校。一个挺着啤酒肚，灰白头发如乱草的男人忽地从屋里冲出来，对着车子大叫："贱货！你今天就不要回来！"

已经把汽车开下车道的津晶斜眼看看后照镜，忽地猛然向后一倒，摇下车窗，对着男人喊道："嘿，酒鬼！马克，对，叫你呢。"等男人望向她这边时立刻伸出中指，一边比画一边粗野地骂道："操你的脸！"

然后油门一踩，把已经苍老颓废得变了形的马克留在身后跳脚骂街。

除了马克，这儿的人都喊她入境文件上的名字"津"。东方女人不显老，已经三十五岁，两个孩子的妈，津晶看起来还像二十五岁，五十不到的马克却完全是个糟老头了。

除了洋人不经老的先天因素，马克烟酒过度，加上失业经年，心情不好，也加速了外貌的老化。照说职业军人保家卫国，哪怕退下来公家也应有照顾，不至如此狼狈，可是美国是彻底的资本主义社会，军队也像企业一样，要面对好时机和歹时机，个人如果不懂理财规划，替"下雨天"做好准备，只盲目相信"老板"承诺，那就要有好运气了。

当年马克携眷返国，年轻的外国妻子感觉自己被带到了天堂，把会赚钱、会开车、会说英语的丈夫当成救世主般崇拜，虽然夫尊妻卑，关系不对等，津晶也心甘情愿地为良人生下一儿一女，克服种种困难，努力维系异国婚姻。马克达到服役二十年期限，相对他的阶级正届离休年龄，就自愿退伍，转为一年一聘的特约人员。

小地方的人心思单纯，没有想过军队赖以繁荣的越战会有打完的一天。如果见机得早，从反战团体支持的尼克松选上总统就应该有所警觉。可是马克只觉得聘雇制的文职工作稳定，不再随时被调动单位搬家，有利小孩就学，而且退伍军人有优利房屋贷款，既然已经是四口之家，就拿出所有积蓄做头期款，在离工作地点近便，靠着驻军繁荣的城这头买了房，圆了移民妻子的美国梦。

一九七三年夏天，前一年在美国国会被否决的提案“停止美军在越南、老挝和柬埔寨境内从事军事活动”败部复活，美国军方自越战开打以来的荣景就开始倒数计时了。单位缩编当然先裁外围人员，基地雇用合同年底到期的特约雇员，包括马克在内，一律不获续聘。

节日来到，夫妻如常带着儿女去选购圣诞树，可是心中没底，欠着车贷房贷，马克看着嗷嗷待哺的一家子，不知道过了新年以后要怎么办？

一筹莫展的马克从除夕夜开始借酒浇愁，几天以后醉眼迷离地拉着结婚六年，可是英语还是不够灵光到交心的妻子，难得地用商量的口气说："珍妮，我们把房子卖了吧？！"

从来不被丈夫征询意见的津晶首次得以参赞家中大事，破碎而坚定地说："我能工作。这我的家！房子我的梦！"文法有瑕疵，可是丈夫被说服了。

"都是你这个笨蛋！两年前是你说不要卖房子，好了，现在想卖也卖不掉了！"马克把所有的错都怪到津晶头上。随着越战结束，军费削减，基地裁员，埃尔帕索房产大幅跌价，屋主纷纷抛售。有公职的如果被调离，还有损失津贴，可以削价脱手，像他们这样的，依照市场行情即使卖掉，连付给房产中介的佣金还要另外从自己口袋里拿出来，可是如果不继续付贷款利息，就等着被银行扫地出门，如果继续付，房价持续下跌，白花花的银子又通通丢进水里，简直两头不到岸。

"你不养老婆、小孩，你算什么男人？"津晶把从前用中文骂第一任丈夫的话翻译成英语骂马克。

两年来，她在城里的中餐厅打工，从带位小姐、女招待，一路升到了领班,还兼任大厨的情妇增加收入。丈夫失业以后,她感觉自己独力撑着这个家,马克拿了救济金去买酒喝,她越想越恨,可是英语词汇有限,说不出更恶毒的话,只能哭喊着白描:"我买食物!我喂小孩,我喂你!酒鬼!笨蛋!我恨你!我要和你离婚!"

房子便宜卖了,孩子归妈妈,马克孑然一身离开,不知所踪。津晶正式嫁给了老婆在广州老家没出来的大厨,收了一点聘金帮第四任丈夫办绿卡,算是互惠。大厨的手艺很好,原来因为没有身份才窝在得州边界小城不得志。这下不但有了居留权,还有个相对会说英语的老婆,就决定去大城市一展宏图,一家四口奔向丈夫有老乡引路接应的大城芝加哥。

随着年龄的增长,婚姻机动性降低,津晶和同一个男人的缘分越来越长。她和老广大厨虽然感情"麻麻"[①],可是寄居天涯,相濡以沫,这段婚姻维持了十五年。与马克所出的两个混血儿女和母亲、继父不亲密,相继早早离家独立,就年节通个电话,彼此告知现况。和现任丈夫生的一个女儿十三岁了,读书一般,品性还乖,至少没给大人添乱。夫妻和人合伙开的中菜馆,生意一直不错,两人都在店里支薪,

①指马马虎虎。

分掌内外场，到了年底还能分红利。

津晶为了安定忍耐着生活，本已打算就和老广丈夫天长地久，共赴白首。哪知丈夫却在大陆文革结束后数次返乡，和为他守节抚养五个儿女的元配重逢，回来就对津晶提出“假离婚”之请。他说老太婆和已经出嫁的女儿还则罢了，他一定要把两个儿子全家都接到美国来共享天伦。

津晶这回一滴眼泪都没掉，痛快地告诉丈夫不用假离婚：“夫妻一场，我就成全你！”

大厨丈夫很感激，虽然是半路夫妻，毕竟一起共过患难，他没文化却有良心，惭愧耽误了女人青春，害二婚妻年纪半百失婚，他想自己一身好本领，儿子们来了衣钵有传人不说，还儿孙满堂，老有所终，生养死葬都有着落，晚景一片光明；分财产的时候就没太计较，自己搬出去，住房留给两母女，只要津晶放弃餐馆股权，还答应按月给付赡养费和两人女儿教育费用，直到女儿大学毕业或者出嫁。

津晶顺理成章地从她早已厌倦的餐馆生涯和婚姻生活中同时“退休”，人生首次自立门户，虽然还是靠前夫赡养，可是感觉竟像自食其力的独立女性一般自在。

她在没有男人的家里打开电视，看见新闻节目里一个年轻男子站在一排四辆坦克车前面，坦克车向左，男人就向左一步，坦克车向右，男人就向右一步，她想起一句小时候读过的成语“螳臂当车”。以前和厨子丈夫两人忙生意和小孩，即使有时间坐下来看看电视，也都只看租来的港台连续剧影碟。津晶一下子觉得天地开阔了起来。奔忙了一生，现在才有空坐下来想想前尘往事和何去何从。

她想暑假过后她要接送升初中的女儿，自己也许可以去旁边的成人学校读英文。这是她生平第一次不忙着找“下家”。那时天气刚才入暑，她想：不急，不急，起码今年要悠着过，好好享受单身的乐趣。她一点不烦恼年华老大，反而感觉自己像一只破壳而出的雏鸟，正准备开始展翅高飞，探索世界。当然彼时包括津晶在内，世界上没人料想得到，那一年后来发生了许多大事。再过几个月，连柏林围墙都被推倒了。

小楼寒

随着台北越建越多的高楼，殡仪馆也立体发展，都市里的亡灵和活人一起进了大厦。

礼仪大楼入口处树立着一座大型电视广告牌，红红蓝蓝的闪光字幕，跟机场航班起飞讯息表般列着往生者的灵位，设在第几层几座，来吊唁的人先挤在荧屏前像看榜一样，查找过世亲友的名字和“住址”后再定行止。

韩津晶紧跟在同母异父弟弟曹光耀身后，并没在荧屏前驻足；一前一后，曲线闪过大厅人潮，走向藏身在后厅的电梯间，径自登楼。

集体灵堂的走廊像街边停满违规车辆的拥挤台北巷道，两旁密密麻麻地坐着配合开馆时间，自备小椅子来摩登守灵的家属；有的面容哀戚，更多的却是表情木然地看着人进人出。

虽说妈妈是两个人的，津晶长年旅居国外，母亲生前死后一切都靠在台湾的光耀张罗操办。做娘的送进殡仪馆这都几天了，奔丧的女儿才赶到。

光耀领着津晶走到母亲牌位前，供桌边上抽出几支香点燃，递给津晶，自己对着母亲的相片一躬身，哽咽道："妈，姐姐从美国赶回来看你了。"

边上的闲人听说，都转头打量美国来人。却只见一个身材高瘦的洋气老妇，黑T恤搭配海军蓝窄脚管牛仔裤，足登美式西部短靴，花白的利落短发上推着副墨镜，脸上虽然薄施脂粉，却没有刻意掩盖岁月的风霜，顾盼之间比一般台湾尊称为"欧巴桑"的街市大妈来得气场强大，以在地用语来说可谓"眼神很杀"，完全不像牌位上，相中母亲面容的线条柔和，眼神朦胧，唇角似乎还微微钩起，似笑非笑，带着一抹让人猜不透心思的神秘。

在自己早为人母的津晶记忆中，妈妈始终是一个女儿再困难，也不能依靠的冷漠女人。生父早逝，津晶跟着妈妈改嫁到曹家，自己十八岁又初嫁离家，再就鲜少回娘家省亲。离开台湾到美国以后，几十年来远隔重洋，加上包括经济在内的各种条件都不允许，母女更是难得一会。竟不知母亲老后相貌何时起的变化？津晶若非心中还有几丝丧母的哀戚之情，只感觉遗照中面貌慈祥的母亲是个全然陌生的老太太。

“妈这张相片照得好。”津晶揩拭了因为自伤身世而湿润了的眼角，闲问弟弟，“你照的？”

弟弟说：“疗养院里的人照的。他们说那天她特别清楚，自己跟人说要拍照，还化了妆。我看看就选了这张。”

“妈从前天天都化妆的。”津晶忽然记起遗忘已久的前尘往事。小时候她赖在妆台前看妈妈梳妆，自己也吵着要涂脂抹粉。妈妈给她两边颊上各抹一点胭脂，嘴上擦上唇膏，递过一面长柄圆镜让她左顾右盼，母女嘻嘻笑笑。原来她和妈妈也曾经当过寻常母女呀。

津晶自觉冷酷得像铜墙铁壁一般的心里，涌上一股温情，眼泪几要夺眶而出。她的声音变得温柔而感伤，垂眉轻语道：“我们妈天天都化妆，就像别人家的妈妈天天要洗脸那样。”

弟弟点了点头，拿出面纸，本想递给姐姐先用，看看好像还用不上，就自己抽了张擤鼻涕、拭泪。他跟津晶喊叔叔的自己父亲曹福亨一样，并不多话。福亨长期照料精神分裂的妻子，给了儿子最好的身教。福亨等到自己也老病，体力不济后，就把他们的母亲安置在离家不远的疗养院里，每周固定探望三次。父亲过世后，交由儿子接棒，十几年没有间断。也像早起要洗把脸一样，成了根本不必想就做的习惯。

“你像你爸爸。”津晶跟光耀说。见弟弟瞟了自己一眼，赶紧补上一句，说：“我不像我们妈。”

“像还是有点像。”光耀说，声音里带上了孺慕之情，“妈妈也一直看起来年轻。”光耀虽比津晶小了十来岁，算算也是奔六张的人了。岁数差得多，又不是一个父亲所出，姐姐离家早，长大后手足并不亲密。要不是十几二十年前光耀的独生女去美国留学找上大姑妈，姐弟之间可能就失联了。

津晶牵牵嘴角，并无怪罪之意地说：“还年轻？我都几岁了？真是的！”她插上香，双手合十再度暗祝之后叹口气，说：“没想到我们妈妈那样的身体能活到这个岁数，都靠你孝顺。”

光耀不敢居功，说：“是我爸爸照顾得好。要不是怕我们不会照顾，他也不会在自己最后的日子里到处替妈妈找地方去。”

“你说得对。”津晶点点头，没有因为个人好恶而抹煞继父的功劳，“不过她们金家的基因也好，大家都看起来年轻又长寿。真是，聪明也好，糊涂也好，反正金家的人都长命。”

“走了吧？”“走了！”公用灵堂不宜久留，二人数度致意默哀后，几乎同时表达去意。

室外阳光耀眼，津晶举手把头发上的墨镜推下到鼻梁。光耀看着她又说：“你像妈妈。”他是个坚持的人。他想起母亲以前哪怕坐在家里也常戴着一副那个时代被认为前卫，街上都很少人戴的墨镜：“她老说她眼睛怕光。”

“我眼睛不怕光，我怕太阳加深我的鱼尾纹，眉毛旁边长出更多的老人斑。”离开了不得不肃穆的殡仪馆，原本就不太悲伤的津晶轻松地微笑了，说：“我和她一点都不像，我长得像我爸。我们妈是千金小姐。一个天上，一个地下，如果她是娇贵的鲜花，我就是杂草。”

一九四九年到台湾的外省女人大多宣称自己在老家是娇贵的鲜花，却都实不可考，可是姐弟俩的妈妈金舜菲虽然很少张扬，倒真是个系出名门如假包换的千金小姐。

舜菲是沪上绅士金八爷的第五个女儿。金八爷先后娶了三房妻子，从民国元年起的二十年之间，接力替他养活了七女两男。舜菲大排行第六，跟三房所出长男，金家九个儿女中行五的安政同年出生，连月份都前后相连。

舜菲的妈妈是“城里太太”，嫁进金家的时候元配还在，却并没有给乡下那位见过礼，而且等身体不好的大太太一死，金家依照下聘时填房的承诺，舜菲妈妈就成了名实相符的八奶奶。

八奶奶娘家虽不比金家是祖上有顶戴的名门，可是在沪土生土长，占了上海开埠百年的地利，是本地殷实人家的小姐。沿海重商，风气开通的商人家里，女子照样读书识字，学打算盘。八奶奶是能干人，嫁到金家以后一直当家，很有威严，可是入门连生四女，无后为大，也只好忍气吞声，让同年先养了儿子的外室进门，正式磕头拜见，让丈夫公然娶了姨太太。亲生第四个女儿舜菲的出生就是让八奶奶暗吞苦果，吃了败仗的关键。

在生男比赛上败下阵来的八奶奶忍辱负重，从长计议。为了巩固地位，使出手段家中上下拉拢，甚至冒险培训大房留下来的继女舜华帮着管家，以便自己匀开身子养胎。种种努力没有白费，八奶奶到了舜菲的妹妹舜蒂都满五岁，丈夫等闲不进她院子的绝望时刻居然盼来了幺儿安勤。老蚌生珠传为佳话，亲戚之间议论纷纷，穿凿附会，什么故事都编了出来。有一说是舜菲妹妹，六丫头，舜蒂的名字起得好，“舜蒂”“顺弟”，这不才顺来了个弟弟？

舆论造时势，时势造英雄，虽然只是仗了弟弟的势，和舜菲共奶妈的舜蒂，从小就比姐姐得人疼。

舜菲作为家中长期被忽视的女儿，早早养成了多疑不群的脾气，不像其他姐妹拉帮结派，各跟家人、姊妹、亲戚、仆人之中还有哪个最知心相好，舜菲在家没有同党，在外也没有手帕交，到哪里、做什么都是孤军，身处大家庭复杂环境，难免感觉自己处处吃亏。

表面看来不争不抢，舜菲其实一肚子自怜自艾，越长大性子越是落落寡欢，一点小事就把自己关在房里垂泪叹息。这脾气照说应该是个林黛玉，可是舜菲才貌普通。金家七仙女之中，最时髦、最漂亮、最聪明、最能干、最有才华，甚至最十三点的形容词，全都轮不到她，如果非要安个把形容词在舜菲身上，除了孤僻之外，大概就只有“最一般”了。

虽然是世家千金，舜菲自知长相平凡，气质、风度也并不出众。除此之外，让她自卑的还有学历。姊妹中除了比她大十岁的大房大姐在乡下长大，耽误了学业，其他三个姐姐都读书升学，只有舜菲中学还没毕业就碰上日本侵华。她上的外国人办的学校，早在太平洋战争全面爆发之前，就因上海租界补给不易，成为孤岛，放起不知何时复课的战争假。

外面世界打仗，金家孩子在家无聊，也学着大人串亲戚、邀朋友、凑牌搭子、跳舞、打麻将、在家里开派对，排遣时光。战争一打经年，家里小孩就在牌桌旁边长大。本来几个大点的坐下来正好一桌，打着打着，输了就板面孔，牌技又不如人的舜菲那一脚，就被比她小两岁的舜蒂给取代了。

“不在里面跟他们打麻将？”一个年轻男子走出客厅，看见先他一步独站廊下，发着呆的舜菲，客气地搭起讪来。

舜菲无来由地脸上发烫，本来想说人家嫌她打得慢，都不喜欢跟她打，结果只是默默地摇了摇头。

“我也不会玩牌，”男子误会了，含笑道，“他们讲边上看看就学得会，可我感觉看人打，死没劲！”舜菲听他口音不正，沪语带着浓重的北方腔。斯斯文文一个人，却用词粗俗，可笑得让她偷着乐了起来，就唇角带笑地轻轻点了点头。男子看她端庄文静，却友善可亲，心中顿生好感，不顾唐突地问道：“他们这下打上了不晓得要打多久，我想走了。你走否？”

舜菲这下真的笑了，用“国语”俏皮地响应道：“只怕我想走也走不了。”说完她的脸倏地红到了耳根，低下头轻声解释：“这是我家。今天过生日的是我三姐。”

“啊呀！”客人忙不迭地为失礼致歉，又盛赞她“国语”

讲得一点南音没有，简直像北方人。舜菲又羞又喜，虽然不大好意思直视来人，眼角余光也看见对方态度诚恳。偶尔眼神交会，男子晶光闪动的双眸更像有电流袭向舜菲的少女心房，一下就将舜菲对陌生人的提防之心扫除干净，竟和头次见面的年轻男人攀谈起来。

两人聊着忘了时间。花园里天色渐暗，屋内早已掌灯，忽然自鸣钟响起，正好打牌的搬风，看牌的小憩，一片乱哄哄声中，有佣人来喊开饭，请大家入席。舜菲至此，也已经听完名叫韩兴邦的斯文客人报完家门，陈述了目前生活状况，甚至抒发了将来志向。

兴邦出生河北耕读之家，老家在京津之间，自己从小离家求学，个性独立成熟，小学和初中在北平住校，高中在天津就读，三年多前才到上海考大学。不想日本侵华，家乡沦陷，和家人断了音频，幸好盘缠未尽，生活不至于无着。他比舜菲大五岁，是金家一个亲戚的大学同学，今年已是毕业班学生。

这天第一次跟着同学过来金府，他不会跳舞，什么赌戏都不会玩，是品学兼优的好学生，在校兼任助教。他读的知名国立大学，因为战争一分为二，名义上的正统已经在重庆复校，留在原地的教职员，不愿校产被日本人和汪政府接收，找了洋人做人头校长，改名挂了私立南洋大学的牌子。后来重庆方面答应支持的办学经费不继，全体师生苦苦支撑。像兴邦这样的高年级生，根本就在老师家里上课。

兴邦辛辛苦苦读了四年，到头来文凭拿不拿得到都不知道。国内遍地烽火，毕业以后去哪里发展事业，报效国家？甚至自己还有没有家乡可以回去？能不能再见到父母？在在都是苦恼。他替姓金的同学补课，人家借亲戚生日派对邀他一起出来散散心，打打牙祭，他到场未久却感觉无聊，还没吃饭就想抽身，不意竟与舜菲廊下相遇。说是谈得投机，不如说是找到了一个愿意倾听的知音，他和舜菲讲讲谈谈，一个下午晃眼而过。

兴邦当天晚上为这缘分兴奋难眠，披衣而起，鼓勇写了封长信给舜菲表达自己心情的激动和对佳人的倾慕。

舜菲才情有限，收到信读了又读，撕碎了一刀纸，也没能回成信；心中正是焦虑万分，深怕打击了男方的追求之意时，兴邦又来了第二封信、第三封信。一封比一封词意缠绵，情深爱厚。

舜菲把一封封情书翻来覆去地读，字字句句烂熟于胸，早把一面之缘当成认识了一辈子；虽然她除了天天等信到几近茶饭不思，实际行动上却无所作为，只感觉自己已经回答了千言万语，而心上那人都该知道。

然而兴邦从何知道？苦等回信不得，他也失望伤心，情绪低落。想想人家上海千金小姐，哪里就看得上他一个前途未卜的外地人？

正好迁到大后方的校本部成立了兴邦向往的造船专业科系，他的恩师应了重庆方面的聘书，决心不在沦陷区苟活，要全家冒险西进。恩师带着家中老弱妇孺逃难，一路需要青壮照应，他视兴邦如子，知道造船报国是兴邦的志向，虽然流亡大后方路途险阻，还是邀了得意门生去当助教。兴邦正感觉前途茫茫，得到这个机会，赶快整理情绪，抛开儿女私情，积极准备西行。

可是无论兴邦怎样忙碌，只要有一点闲情，伊人倩影就会浮上心头，让他十分困扰。他想大丈夫顶天立地，即使人家看不上他，自己这一方做人做事都应该有个交待，决定写最后一封信给舜菲诀别，大意说：高攀不起，就此别过，即将离沪，再无相见之期。今后一心报国，遥祝佳人事事如意。

兴邦寄走了信，感觉总算把这段还没真正开始的感情做了了结，心下渐安。没有想到就在出发前夕，舜菲却自己找上门来了。

兴邦和同学合租一个亭子间，室友看见来了女客识相地避了出去。兴邦手忙脚乱地挪开杂物让坐，慌着奔进奔出找房东借炉火张罗茶水。好不容易定下神来，才说了几句无关痛痒的应酬话，舜菲就忽然悲从中来，开始啜泣，断断续续只有一句话听得清楚："……你好狠的心……"

兴邦让舜菲哭得手足无措，心中凄楚，虽怕房东听见误会，可是想到离别在即，自己也流下泪来。鼓勇走上前去，紧紧地握住舜菲的手，说："如果时局不是现在这个样子，哪怕明知配不上，我也会追求到底，可是我要走了，只怕是一定要辜负你的。"

舜菲温柔而坚定地打断他道："你去哪里我都跟你走！"她在心中给他写过无数封不存在的信，尽述相思，早已经把他当成自己的男人，说什么都不感觉害羞。

兴邦虽然吃惊，心中的感激和爱怜却压倒了一切理智，尤其他和亲人因为战争阻断，漂流他乡，时时感觉孤苦无依，竟然有意中人来到他的陋室，说要随他去到天涯海角。他激动地把舜菲一揽入怀，眼角流下欣慰的泪水，觉得自己是那个得到富贵千金以身相许的贫穷书生，他说出了自己的感激之情："我要一辈子照顾你，对你好。天涯海角，我们永不分离！"

"你说我们永不分离的呀！"舜菲对着兴邦和儿子的遗照哭断了肝肠。旁边的人全都同情地望着骤闻噩耗的孤女寡母叹气。

代表船公司的几个同事也都离乡背井，刚从四面八方来到台湾，与才被确定证实在船难中丧生的韩兴邦生前并不熟稔，说是代表同仁来致意，除了"节哀顺变"一类的八股词儿，也说不出其他安慰的话语了。

来慰问的同事中只有曹福亨和丧家一样来自上海，不过兴邦从天津调回上海的时间不长，福亨在工厂的时候多，跟一直坐办公室的兴邦连熟人都算不上。福亨单身，让人感觉没有家庭责任，时间自由，同事婚丧喜庆要人充数的时候，总是被拉公差当公司代表。这回不意遗孀是同乡，上海人看重同声同气，舜菲听见福亨说话的口音就对牢他用家乡话倾诉，旁边的几个同事一下都成了闲人。

福亨最后只好让其他人先走，自己留了下来。娘儿俩的房东原来听说女房客同时死了丈夫和儿子，跟前跟后地就怕寡妇人家想不开，看见一群外省人来慰问，其中还有人留下，虽然语言不通，也至感欣慰地上前拍拍福亨的肩，诚恳地道：“少年哎，你留低这，阮才放心。”

福亨也不知怎么就听懂了房东的闽南语，慎重地点头响应：“是呀，有我在就放心吧！”就这样，他接下了照看舜菲母女的重担。

舜菲精神时好时坏，好的时候也知道母女落难，应该谢谢同乡的照顾，会出去买点小菜，留福亨吃顿家常便饭。精神不好的时候就倒在床上哭一天，小孩也不管。福亨宿舍离得不远，每天下班都先过来看看小津晶那天有没有饭吃。

星期六公司里上半天班，福亨过中午就来了。舜菲那天特别不对劲，自顾自时而流泪，时而口中念念有词，红肿的眼睛茫然望向天际，完全罔顾哭倒在脚边的九岁津晶。

福亨叹口气，把津晶抱起，跟小女孩打起商量：“叔叔带你出去吃饭，好不好？”津晶乖巧地把头伏倒在福亨肩头，还在抽噎的小小鼻息喷在他耳后，有点痒嗖嗖，福亨没有闪避。

房间小，男人脚大步宽，才迈出两步就到了门边，福亨转过身来问舜菲：“要给你带点什么？”

舜菲看着福亨，疑惑地问：“侬啥人？”

福亨吃了一惊，指着津晶问她：“伊啥人？”

舜菲眉头一皱，不耐地说：“津晶呀。”也不再追问其他，生气地把头转了开去，不再搭理二人。

福亨对精神疾病一无所知，完全不晓得先期症候出现的严重性，只是当下有些惊疑不定，胡乱道：“你晚上又睡不好？看买点药你吃吃吧。”一边熟门熟路地走了出去。

虽然都和苦主家庭在原乡没有老交情，原先公司里也还有几个特别有同情心的同事，会跟着福亨来韩家帮帮手，可是家乡兵荒马乱，又不幸发生船难，船公司在台湾和上海两边都遭挨告求偿，自身难保，薪水都发不出来了。员工人心惶惶，人人忙着自寻出路，谁来理会别人家的悲剧？

最糟糕的是遗孀老不振作，简直是烂泥扶不上墙，帮她还怕自己沾到手上惹麻烦，逐渐把人家的热心肠都浇熄了。不到一个月，热心群众纷纷打了退堂鼓，只有福亨依旧隔一两天就来探访。也许是因为住得近，也许因为他一个单身汉无牵无挂。

福亨自己觉得他只是同情娘儿俩的遭遇。都是上海人流落在台湾，时局乱糟糟，也不知道什么时候能回去。船公司的投资人为了船难，官司缠身，别说员工眷属，员工也顾不上了。福亨想到小津晶，如果这个时候他也撒手，叫孤儿寡母怎么办?

“真可怜吆！那莫你叫伊安状？”老房东看见母女伶仃，无依无靠，顾不上跟福亨鸡同鸭讲，热心地替沦落他乡的两个做起媒来，“你莫某、伊莫尪……”

老人说：男无妻，女无夫，乱世之中相遇就是有缘。“听阮老大人苦劝一句……”他劝福亨，两家并作一家可以节省开销，不妨凑合，“暂时欸啦……”

福亨是浦东农家子弟，读过几年私塾，和后妈不好相处，经人介绍到日本人的车间学徒。不像其他伙伴出师就成亲，然后一生守着老婆和热被窝，余生再无大志。福亨出师后没回乡下，他文化不高，没有什么汉贼不两立的顾忌，仗着技术好招进了日资工厂，自己还一面工作一面上了夜间技术学校。

日本投降后，福亨虽然在沦陷时期替日本人打过工，一个学徒黑手，倒是渺小得没有受到牵连。反而因为抗战胜利，各处复工，有经验的技术工人成了香饽饽。福亨刚才二十岁就被招进造船厂当熟练技工。后来有民间集资成立的船公司在台湾开办分公司，看得懂日文说明书的福亨又被挖脚，派驻基隆，成为技术幕僚，蓝领工人成了半个白领。

虽然派调到了个边陲小岛，能坐进办公室吹电扇，还是着实让福亨高兴了几天，哪知办公的那张椅子还没坐热，家乡局势丕变，他就回不了上海了。

福亨长得老相，外表看不出来年龄，其实他比一九二二年出生的舜菲小了五岁也许都不止。虽是乡下孩子，亲生妈死得早，后妈没虐待已是万幸。所谓有后娘就有后爹，福亨亲爹随着后妈对他冷冷淡淡，不管不顾。从他出来做学徒的以前和以后，家里都没替他操过心。福亨自己眼界也高，离开老家到城里学艺前大人没有替他订亲，出师自立后他自己也没看上过谁，转眼就蹉跎到了小二十五岁。虽说滞留异乡，可是头婚就娶比自己大得多，又带个孩子的寡妇，哪怕说起来对方是城里人，身份尊贵，福亨自己心里还是别扭。

然而那时的台湾对外省单身汉而言是求偶的困难时期，本地人轻易不把女儿嫁给底细不清的外乡人，外省女人又很少不是随军眷属，适婚年龄的外省小姐成了珍贵的稀缺资源。福亨这个年纪要是在家乡，小孩都几个了，他再不往这些事情上想，也开始向往有自己的家庭。而且，要不要和舜菲走下去的这个大问号里，暗藏着一个津晶。

福亨喜欢津晶，津晶也喜欢福亨。相差十五岁的两人牵着手走在街上，福亨心里没有多少父爱，更感觉像是领着个心爱的小妹妹。一大一小常在一起，种种互动，替福亨无聊的生活制造了乐趣。有时福亨在公司里上班，手上闲下来都会突然想到小女孩可爱的模样和话语，就会盘算下了班过去看看，替母女捎上点什么吃的、用的。

最后却不是因为津晶，而是船公司的倒闭，成了粉碎福亨娶年长寡妇心防的最后一击。

虽然船公司要倒的传言满天飞，福亨见识有限，也不管众说纷纭，自己偏没料到偌大一间公司收得如此仓皇。他原来住着的单身宿舍是公司资产，也被债权人申请贴了法院封条。

福亨提着行李没有去处，心中失了主意。机灵热心的老房东却告诉舜菲，母女报答“恩人”的时候到了。

老房东帮忙在母女床前拉了一条长布幕，把一间房隔成内外二室，酌量加收了点水电费，让福亨在算作起居室的这半边开了个铺。老房东好人不白做，年轻力壮的福亨在他眼中可比无依母女更有交房租的潜力，降低了有天要他昧着良心驱赶可怜外省房客的风险。

老房东没有看走眼，福亨有技术傍身，果然没失业太久，顺利考进了公家的造船厂，捧上了铁饭碗。只是这回没办公椅坐了，他重操就业，回头当了“黑手”。

大陆难民涌入，台湾各地来不及地建设，毁田造房。造船厂虽然也如火如荼地加盖宿舍，可是僧多粥少，从上到下按职位分配住房，工人阶级一时还轮不到。所幸事业单位比普通公务机关有钱，分不到宿舍的，厂里加发房租津贴，有家眷的还能多得。福亨在舜菲屋里住都住下了,哪怕出身悬殊，心里放不下各种不般配，可是福亨身为上海人，又实在想不出有什么理由，非要放弃唾手可得的那份眷属津贴。

结这门亲倒是没人问过舜菲怎么想的，反正知道的人莫不觉得此时此地，娘儿俩要活下去，真没有比嫁给福亨更好的办法了。老房东代表男方提亲时，虽然言语不大通，还是先尽责地详述了两造联姻的种种好处。舜菲从头到尾没说话，眼睛直勾勾的只看着津晶。老房东察言观色,拍着胸脯挂保证：“其他的不敢讲，轻睬谁人也看得出，伊这个人绝对莫苛待你的女儿。”

再婚后的舜菲虽然还是少有笑容，可是家里多了个有偿劳动力，母女基本生活得到保障，现实烦恼骤减，她的精神状态明显进步，多数时间也都能承担起一个妻子和主妇的责任。虽然还是时有怔忡，人家就当她“累了”。只要不去理会，让舜菲自己发发呆，看来休息足了，人仿佛也会复原。反正不发烧，没喊痛，就从没人想到舜菲这个情形该请医生看看。

两大一小，三个异乡人在台湾北边基隆港安家落户。和上海一起失落的前半生逐渐远去。难中重组的小家，重新找到了生活的节奏。福亨和舜菲母女的小世界随着台海大势成形后，也逐渐步入常轨。

日出而作，日落而息。男有分女有归。幼吾幼以及人之幼。

津晶从街坊小学转到了造船厂子弟附属学校读四年级。

福亨一早上班的时候把津晶带出去上学，下了班再把津晶和当日小菜一起带回家。

萍水相逢，异乡结缘的夫妻之间，缺少共同的兴趣和话题，连对家乡的回忆都隔着一条黄浦江，各自记得自己成长的浦东和浦西。

在城乡两个完全不同的世界里生活和长大，福亨面对亦妻亦姐，台湾本地叫“某大姐”的舜菲，感觉人家哪怕坐着发怔的时候，好像也比他个学徒出身的乡下孩子有见识。福亨和老婆在一起压力很大，平日相处要不无话可说，要不各说各话。远不及他和小津晶在一起来得自由自在，有讲有笑。

不过夫妻到底是夫妻，哪怕白天站着时是两条不交集的并行线，等到夜深人静，布帘之后，躺平在大床上的姐弟恋却也炙热得烧坏人。

福亨初尝人事，难免投入，舜菲也到了虎狼之年。她发现夜间释放激情有助清空大脑，起码可以暂时麻痹她对亡夫不能停止的思念。哪怕船难悲剧已经过去两三年了，失去挚亲挚爱的伤痛始终一如当日。舜菲每次散步走到海边眺望，就恨不得追随丈夫儿子，逐波而去，可是看到身边牵手仰望自己的女儿，不但苟活下来，还为生活琵琶别抱。巨大的痛苦吞噬着她的心，她不作践自己的身体何以排遣无尽的悲怀？

夜幕低垂，她在帘后，撕碎文明的伪装，回到乾坤的初始，罔顾礼教，主动痴缠，到了双人同登极乐，舜菲发自肺腑地哭喊出声，听来竟如被困在陷阱里的垂死之兽一般凄厉。

津晶和福亨调了床位，独自睡在厅中开的铺上。夜半被内室动静惊醒，虽然不明就里，小小年纪就已经历过失去父兄之痛的小女孩，还是会为母亲的性命安危担心饮泣。可是巨大的恐惧让她不敢妄动，只能把幼小身躯紧紧蜷曲缩到更小，再闭紧双眼，努力屏息，期盼骚动过去。

要到听见大人下床，母亲拖出白天收藏床下当作夜壶使用的痰盂，揭盖坐上的声音和气味后，不应会失眠的小女孩才渐渐安下心来，神智也瞬间转为迷糊，重新进入梦乡。

帘后女人坐上马桶的尴尬时刻，水乳交融的美好戛然而止,生活回复到饮食男女的平庸。福亨起床擦拭汗津津的身体，一面掀起亚热带海岛上四季都让人感觉郁闷的布帘，走到外间散散热，顺便倒杯水喝。

大床边的微弱夜灯反射出布帘后的女体，一举一动都被放大成了模糊的影戏。福亨皱着眉，手上端着喝剩的半杯水，眼睛看见的陋室一切，都像伴他成长的粗俗家常，感觉刚才与贵妇人的恩爱莫非虚幻?

经过津晶的小床边，他驻足俯看。不过一两分钟工夫，津晶已再度进入深深梦乡。好像确知危机已逝，小女孩安然熟睡，四肢开展，面容祥和，犹如天使一般。福亨躬身替津晶掖掖被，掠掠她的发丝，心中顿生的怜爱驱离了斗室中所有的恶俗之气。他没有多想，弯腰轻轻在天使额上一吻。津晶长长的睫毛随之抖动了一下。

妈妈平安。津晶抿了抿嘴角。小小红唇轻嘟，不设防地翻了个身。

津晶发现自己梦魇成真的时候，已经上了省立初中，一家人也搬进了员工宿舍。

之前津晶小学时代的梦，就曾经几度清晰得让她感觉不可能是假的，可是哪怕如此真实，她总是晚了那么一秒钟才醒过来，始终未能确定。

从四年级开始，她就老觉得有人在亲吻她的额角。六年级的时候，她甚至清楚地感觉到有两片冰凉的嘴唇压在她的唇上，惊醒时虽然没看到人，唇上却留着凉凉的，水的痕迹。她因此很不喜欢睡在起居室里，过道上的床让她老是觉得夜里有人在她身旁走动，甚至停留。

居室简陋，家务无聊，男人上班，小孩上学后，舜菲常散步到海边去透透气。有时津晶下课得早，就陪着妈妈出去走走。舜菲多数时候都是心事重重，步履沉重，忽视了为她做伴的女儿。难得一次两次，母女也聊上几句。津晶最喜欢妈妈讲她们在天津的家，她在那个房子里住到快七岁才随同家人搬去上海。她记得那座美丽花园里的小洋楼，记得父母亲房里有一张好大好大的铜柱大床。在那个漂亮的小楼里，她有属于自己的房间。她总请求妈妈一再描述回忆中那个家里的各种细节。津晶好怕时间过去太久，她会忘了那美好的一切。

津晶和妈妈、继父苦等公司分配员工宿舍超过三年才终于如愿。不过也没白等，因为他们家正好添了丁，多了光耀，有儿有女的家庭，得以分配到面积较大的单位。到了可以搬家的时候，没人留恋和老房东一家的感情，全家迫不及待地离开了多一天都不想住的蜗居。

搬到新家后的津晶真的有了自己的小房间。虽然窄小，却有房门阻隔了外面的声响。正在发育的津晶不再夜半惊醒，可以一觉睡到天亮了。

然而那扇能掩不能锁的门功效其实有限，虽然它一时的确有助房里的津晶安眠。时间过去，此消彼长；那扇隔断密闭空间里外的门，在安了房里津晶的心之后不久，渐渐也壮了夜半总是徘徊在门口的恶胆。

再次夜半挣扎惊醒时，津晶正梦到叔叔带她看过的日本怪谈电影里章鱼模样的怪兽，以触角紧缠着她胸前初绽的少女蓓蕾，痛得她哭喊出声，可是眼睛和嘴巴却被魇住了张不开。她感觉整个脸都被怪兽的吸盘包覆。怪兽的舌头发出滋滋的声音，像要吞噬她的灵魂。吸盘里分泌出又像凉水，又像唾沫的恶心汁液，沾染了她的面庞。

福亨立刻发现压在身下的津晶醒了。最先松开的是他无意间捏得太用力的手指，随着自己受惊的情绪，福亨的身子也本能地向后一弹，脸朝上扬。接着津晶眼睛猛力一睁，两人四目相对！

津晶蠕动嘴唇，未语泪先流。静默不到一秒，未等福亨回神，津晶尖声高叫起来："姆妈——！救命呀！姆妈——！"

出了月子以后，新生儿还是夜夜啼哭让舜菲不得安宁，她平日身心就不大健康，产后更见虚弱。舜菲感觉自己每天都要打起十二万分的精神，才能勉强混过极平常的一日。

这晚难得和毛头相拥睡熟，迷糊中却听见女儿呼喊救命。舜菲还在挣扎着想醒过来，津晶的尖叫却先惊动了熟睡在母亲身边的婴儿。小毛头大哭起来。舜菲只好一面半睡半醒地解襟哺乳，一面闭着眼睛隔门呼唤福亨去看端倪。

福亨心性聪明现实，也简单直接，既然第一个闪进脑海的念头是自救，天良就不及冒出已遭泯灭。他迅速从惭愧慌乱中镇定下来，津晶的狂叫让他心中魔性陡升，就在黑暗之中用眼神狠狠锁住他向魔鬼献出的祭品，自己缓缓起身，单手往后推，让门开一缝，眼睛不动，盯住津晶做出无言的威吓，单把头侧往舜菲房间方向喊道："津晶做梦呢！"

他用眼睛对津晶说："叫吧，没人会信你的！"一边缓慢而阴沉地退出小房间，从容地带上了门。

"关掉！不要讲啦！"舜菲脸色难看，厉声要投诉继父恶行的女儿立刻闭嘴。

津晶不依，哭着说："好久了，我好小他就开始这样，我一直以为是自己做梦……"

"做了不要面孔的梦还哇啦哇啦！"舜菲像跟平辈吵架那样，凶恶地打断津晶，"自己不要面孔，还拉一家门下水！你到处哇啦哇啦，我们都陪你不要做人了好吧！"

津晶被骂傻了，嘴半张着却发不出声音来。她原来只道自己受了欺负，至于损失的是什么还不大明白。让她妈妈一骂总算清楚了，原来她在睡梦中被继父袭胸亲嘴，损失的是"脸"！而且如果张扬求助，更是做出拖累全家的丑事，让大家不能做人！

妈妈不相信她，不替她出头，气愤的津晶只能用小女孩自己的方式报复。她开始躲着福亨，特意早起，不让福亨骑车载她，自己走路去上学，下了课留校自习，不让"仇人"

接她送她。一回家就躲在房里，不跟“仇人”讲话。

事情过去好多天了。一开始，福亨心里尚存的几丝道德感还让他惭愧害怕、坐立难安。他也想过向津晶赔不是，求她原谅。可是他更怕把事情闹大，不知道以后怎么收场。

福亨虽然是个大人，受限于自身修养，并没有自省的能力和习惯，无法自剖为什么会做出这样的丑事，只知四下搜寻替罪羊，为自己找开脱。他和津晶两人之间有了这样一个大秘密，福亨心里渐渐把津晶当作罪行的共犯。他想：她凭什么装得没事一样？难道做错事的没有她！

津晶的冷淡激怒了福亨，冲淡了他的歉疚。福亨拼命想着自己有多少冤枉：舜菲自从怀孕以来，就不跟他做夫妻了。天地良心！这样干熬着，天天走过津晶的房门，他也没有动过津晶的歪脑筋。谁知道这才第一次溜进津晶房里就被发现了！那个夜里他原来只是想去看津晶有没有踢被子的。后来，后来他看见她的胸前隆起……

战火阻断了归乡路，福亨来到台湾娶了个年纪大自己那么多的寡妇，让他失去了少年爱慕少女的权利和机会。他想知道触摸少女的感觉。只是好奇，无意冒犯。不对，不是冒犯，他对津晶是真心喜欢的！

福亨忽然觉得自己娶舜菲，其实是因为爱津晶，才心甘情愿照顾她们母女。可是津晶这个没有良心的丫头，不晓得人家为她做的所有牺牲，还把他当成仇人一样。福亨心中怨苦失落，宛如失恋，渐渐由爱生恨。

“你看津晶小人对大人啥个腔调？”福亨背后挑拨舜菲母女感情，顺带发泄对津晶的不满，“哼！我讲她长大了翅膀硬了，以后你就看她对我恩将仇报！”

舜菲抱着刚请人起了大名叫“曹光耀”的幼儿，心里老想到在船难中失踪，一去不回的津晶哥哥，忧心忡忡地自言自语：“这个名字长命的哦？我这个儿子不会死的哦？”

“瞎七搭八！”福亨怒道，“有你这样咒自己亲生儿子的娘吗？”

舜菲没听见丈夫的质问。她的思绪最近时常飘忽。女儿把家丑吵开后，舜菲其实心下不无疑惑，可是她选择了相信提供母女庇护的福亨。解不开的新添矛盾，让舜菲原本稍有起色的衰弱精神再度陷入困境。

客中不比老家，不像以往产后有专人侍候做月子，奶妈带孩子，产妇可以好好休养。虽然不是第一胎，却是头次舜菲生下孩子来要自己喂养。哪怕现在的这个乡下人丈夫什么都会做，也包揽了家务，舜菲还是感觉身心俱疲。每当她的脑子不堪负荷时，她的思绪就会更加飘飘忽忽，开始说话答非所问。失序的思绪飘着飘着，一旦钻进个牛角尖，还会自动切断跟外界的沟通和联系，让种种混乱的忧思卡在一个没有出路的小尖角里，膨胀，膨胀，直到充塞了她整个脑袋，就感觉随时都会爆炸！

舜菲忽然把抱在手里的婴儿重重放下，哭喊着说："拿走拿走！我带不好孩子！我对不起他。拿走拿走！"

福亨一把抢抱起被母亲大动作吓哭了的儿子，骇声道："你脑袋坏掉了吧！拿走去哪里？你是他娘你不欢喜他，谁欢喜？"他摇晃着身子，安抚婴儿，对看似稍微平静下来，却仍颓坐流泪的妻子，少少感觉有愧地心里一软，放缓语气道："你带孩子辛苦，我晓得的，这都多少天你没好好睡一觉了。真的，我要有奶喂他，我马上带他走！以后改吃奶粉好了吧？弟弟搬到津晶房里去过夜，你晚上也可以睡个好觉，少发点神经。"

虽然正是贪睡的年纪，那夜被惊扰之后，津晶再度变得浅眠，非常容易惊醒。承担了半夜起来泡奶粉换尿布这些事情没有带给她困扰，反而因为房里多了个弟弟带给她安全感，津晶坦然接受了成为家中小保姆的命运。

小学是模范生的津晶，上初中成了灰姑娘，功课渐渐落下了。上课也老打瞌睡。原来喜欢她的老师们都对她的退步表示不解和失望，上课的时候，把津晶跟其他坏学生归成一类。津晶感觉自己像渣子，被从老师眼睛里过滤了出去一样。只有从初一就开始教她们班美术的路老师还是喜欢她，上课的时候对她微笑，走到她的座位旁边，握着她的手教她画画，说她有天赋，懂得欣赏美。

学校里失去了温暖，家中和继父无言的冷战持续经年。津晶感觉很寂寞，心理和行为都开始反叛；能不待在家里，就一定野出去。即使在家，她也借口照顾弟弟，情愿独自吃剩菜也不跟大人同桌吃饭。

回敬津晶的态度，恼羞成怒的福亨收回了所有的关爱，报以加倍的冷淡。

舜菲对家里的气氛或有所觉，可是她只要一往下想就头痛，越想集中思绪，思绪越浮散，像云雾化开成了水汽，让她脑中一片迷茫。有时候她感觉好点，还能勉强压制内心烦郁，机械化地尽力对付日常生活。心里实在乱得不行了，她也只好丢开幼儿，躺在床上或哭或睡。

舜菲的家常日子过得越来越力不从心，有天福亨下班回家看到屋里锅凉灶冷，已经会走路的儿子把茶几上的东西扫得一地，坐在客厅中哭叫喊饿。舜菲则充耳不闻，仿佛病倒在床，连爬起来的力气都消失了。

福亨请假带老婆去厂里附属的保健室看医生。没看出什么名堂，让交钱打了一针保肝，再开了点维他命带回去安慰安慰。医师只说要病人少操心、多休息、多运动，以后应该会好。末了加一句："如果情形有变化，你就带她到省立医院，挂个精神科检查一下也可以。"

回到家来，福亨把舜菲安顿躺下，叫住两年没有好好说过话的继女："喂，你妈妈这个病要多休息。家里什么不要用钱？买小菜吃要钱，买药吃也要钱。我是一家之主我要出去上班赚钱的。"

福亨让已经在升学班里的津晶转学到夜间部。他自己天天加班赚加班费。家里的买汰烧，看护妈妈，照顾弟弟，所有的家务都丢给了十五岁的津晶。

舜菲遵医嘱，每天去海边散步。回来后常戴着墨镜不摘下，坐客厅里发呆。

"津晶，留声机开大点声。"舜菲忽然微笑着对正在厨房淘米煮饭的女儿说，“这是我最喜欢的曲子。”

津晶哪懂病人开始幻听，只诧异道：“什么留声机？”一面擦干了手，走到母亲身边问：“你说隔壁在开收音机吗？”

舜菲变脸道：“乡屋人连留声机都不晓得！”

津晶委屈道：“就没有啊，妈你是听错了还是怎样？”

来去几回后，舜菲忽然怒火中烧，情绪狂暴起来，站起来劈头劈脸就是几个巴掌打向女儿，口中一面喊叫：“有没有？有没有？什么没有！你骗谁？明明就有！”

地上一旁自己玩着的光耀大哭起来，舜菲把头一回，目光狠狠盯向儿子。津晶顾不得自己脸上火辣辣的痛，奔过去双手才护住弟弟，妈妈已经操了饭桌上的一把长柄汤勺敲了下来。津晶手上、头上挨了几下狠的，额上打出来的包都隆得老高了，才找到空隙抱着弟弟夺门逃出呼救。

宿舍邻居都是熟识的同厂员工眷属，婆婆妈妈闻声而至。舜菲虽然被无名怒火烧到暂失心智，看来还是知道要顾脸面。只见她躲在自己家里并不追出，眼睛骨碌碌从里面看门口聚集的群众，隔着纱门也听得到她大声自问自答，尽说些别人听不懂的话。

邻居自动分了工，有把俩孩子带回家去安置的，有去路口店铺借电话叫男主人赶快回来处理的，还有几个留守在曹家门口看情况。

舜菲留在厅中与门外的人对峙，露出困兽一般的目光，等到福亨进门赶紧投诉道："他们把我们家小人抢走了。"

福亨已经听说了事件始末，又惊又气道："你就发神经吧。走！走！我们去挂精神科。"

根据专科医师诊断，舜菲的病属于亚型精神分裂症。病人缺乏病史，只能认定为初发，根据发病描述，症状介于紧张型和紊乱型之间，偏紊乱，要定期复诊、持续观察才能确诊。医生开了药，要家里人尽量不要刺激病人，就让福亨领着回去了。

福亨和津晶早已不面对面谈话，有办交代必要时，只好找还不懂事的光耀寄语。

"可怜呀，我们父子家门不幸——"闹了一天，福亨等妻子服药安神就寝后，在小厅里拉着四岁儿子大声叹气，哭道，"我也不懂你妈妈这算个什么病，你还这么小，我就怕她是疯了，以后还能不能好啊？医生也不说清楚，只说要按时吃药，多休息，别惹她生气，每个礼拜带去看，我看医院就是想赚钞票啊！"

看见津晶留了神，他真切而哀伤地喊着儿子的小名，说："小子光啊，明天我带你去托儿所，求人家收你，你就早点去上学吧。家里和妈妈就交给姐姐了。我上班赚钱能不去吗？该带你妈妈上医院的时候，我只好请假啊，这个家难道就靠我一个人吗？"

遭逢家难，福亨和津晶既然在一条船上，再彼此憎厌，也只能搁置仇恨，同心协力地把日子过下去。

虽然没有充分准备，天资不错的津晶初中毕业后，还是如愿考上了省中夜间部。上榜学生返校谢师的时候，进了省中日间部的同学和老师们有讲有笑，津晶遭受了冷落，谢师茶话会没结束，她就提早离席。美术老师路楠赶出来恭喜她上了省中，说："怎么提早走了？"

津晶鼻子一酸，哽咽道："我又不是考日间部，人家也不知道夜间部就是我的第一志愿！"

路楠惊讶道："你为什么不考日间部呢？"

津晶流下泪来，拿路老师递过来的手帕一边拭泪，一边自述身世，师生就在校园僻静处聊到津晶必须要回家做饭的时刻，才依依作别。路老师摸着津晶的头发说："你有困难就来找我。心情不好也可以来找我。"

要照老人的说法，舜菲这算“文疯”，不发病的时候看来好好的。即使发作，只要旁边的人不要故意对着来，忤逆她，或者硬要讲通什么道理，她也多半不会狂躁。比较麻烦的是一旦舜菲出现幻觉以及妄想，她并不围绕同一个主题，而是随机且不连续的；这种时候以正常人的思考逻辑很难跟她对答，可是不理睬又怕惹她生气。幸好舜菲多数时候都只安静发呆，或者轻轻地和些看不见的人诉衷肠，沉浸在她时空随时都在交错变换的自我世界里。

她常戴着墨镜外出散步归来后，静静坐在厅中，并不摘下，直到掌灯时分，问走到她身旁开灯的人：“天亮了吗？”

有时她眼睛里闪着光，换上出客的旗袍，坐在镜前仔细描眉抹粉。打扮完毕以后，问津晶：“妈妈好看吗？”

“好看的。”津晶说。

“来，我帮你画眉毛，”舜菲像少女对小姐妹那样，和女儿玩起打扮的游戏，把几样化妆品一一试用，“这个口红你擦擦。”她拿出梳子替女儿梳头，取笑津晶的高中女生制式马桶盖发型：“这个头发谁替你剪的，嘎难看！”

津晶乐在其中，好像回到了小时候。一时半会也忘了母亲和人家姆妈是不一样的了。

忽然舜菲看看腕表，道:“等下我跟爸爸出去看戏，你和阿哥在屋里厢不要调皮啊。”

津晶从云端上跌了下来，强忍心酸道:“不调皮。”

她洗去脸上脂粉，背起书包，说:“我去学校了。叔叔接弟弟马上就回来了。就这么一下，你一个人行的啊？”津晶把大门内外都上好锁，含着泪眼离去。

照顾有病的妈妈，津晶感觉实际生活上并不吃力，可是心里的负担却让她承受不了。她的困难同学们哪里能懂？没有闺友知交，她常在上下夜校前，绕个道去找能了解她的路老师诉诉苦。

打扮好了的舜菲被女儿独留厅中，自己戴上墨镜，倏忽之间不言不动，成了一尊泥塑木雕的摆设。家里人都不晓得，此刻在基隆这座造船厂员工宿舍楼里坐的只是行尸走肉，舜菲的精神已经漂洋过海，回到了天津的花园小楼里。迎面含笑向她走过来的是西装革履的兴邦，粉妆玉琢的一双儿女坐在楼梯上，隔着栏杆向下俯看穿着体面的父母亲准备出门。

舜菲别无选择地困在来到台湾的这个躯壳里，过着下里巴人的难民生活，清醒的时间越来越少。女儿津晶结婚离婚多少次，从台湾到美国，跟哪个丈夫为她添了几个外孙，一生的大小事，母亲都没参与，也没有表示过关心。舜菲的二婚丈夫福亨也许终究心有愧疚，对神智经常不清的妻子，始终没有离弃。不但好好把儿子光耀拉拔长大，临终还嘱咐要尽心照顾妈妈。

福亨过世的时候，光耀依照父亲遗命，办完丧事后才通知姐姐。人在美国的津晶拿着电话许久没有出声。悠长的岁月化解了一切恩怨，十八岁离家以来，她为生存所做的挣扎，早已远远超过当年小女孩想从梦魇中醒来的挣扎。津晶不想像妈妈那样活在过去，既然走了出来，她很少再去想从前，连当年四口融融的天津家中，那座她曾经深怕遗忘的花园小楼，也早已不再追忆。

津晶在电话里简单地要家人节哀，翌日买了张吊唁卡片，尽自己的能力附上一张支票寄去，谢谢弟弟愿意继续照顾母亲。

舜菲被福亨送进疗养院时已经七十多岁了，头脑不清却行动自如，每天花很长的时间拾掇自己，打扮得清清爽爽，可能因为已与现世完全脱节了，老人脸上的微笑竟像少女一样无忧。

“曹奶奶，看我这边一下唷！”护理人员定期替病患拍照，“再照一张。等下你儿子来了拿给他看哦。”

舜菲并不感觉人家是在叫她，漫不经心地朝声音传来的方向一扫，旋即收回眼神。自顾自双眼一抬，对着窗外极目远眺，眼神迷离，也不知今夕何夕？自己身在何方？

从散步就能走到海边，住了几十年的老楼房搬进疗养院后，没有福亨照顾陪伴的舜菲不再出去走动，每天只坐在窗前向远处看。疗养院里公用的照护工有限，像她这样不找麻烦的病人，没有人跟着，起居颇为自由。她走的那天也没人晓得她在躺椅上昏迷了多久，只知救护车送到旁边医院急诊室时已然没了气息。

其实在救护员推着担架床急奔时，输氧后的舜菲也曾经眼皮微张，仿佛看见旁边景物飞逝，自身腾云而过。糊涂了大半生，直到呼出最后一口气时，舜菲脑中紊乱的思绪仍然没有归位，生平虽然也如走马灯般闪过脑海，离乡后下半生才结缘的福亨、光耀父子，和发病后以再嫁之法安置了的女儿，甚至少年骤逝的爱子都一一浮现，却无一幕清晰。终于最后强光闪动，出现熟悉的花径通往那幢小楼，里面一影绰绰，舜菲轻轻吐气，安详闭上双眼。看不看得清楚都无所谓了，她只有点埋怨，兴邦怎么让她等了这么这么久，才来接引她漂泊的魂灵？

歧路

无为在歧路，儿女共沾巾。——王勃

“金阿姨哦，对不起啦，没办法耶！我们公司有规定的啦。哎哟你看我啦，该叫金奶奶喔！”台湾男导游长相五大三粗，说起话来含羞带笑，语助赘词绝不嫌多，哦呀、啦呀地对着面前两位旅游团客人一再赔不是。可尽管口气委婉，话也说得客气，却毫无商量的余地：“不好意思哟，那里不顺路，我们车子赶时间噢。”

导游这算一口拒绝了个别团员要求被载到“马场町纪念公园”下车的请求。眼看旅客一脸不情愿，也并没有打算放弃的样子，不待对方再开口，又苦起脸说：“哎呀，讲真的啦，士林夜市比较好玩啦，你们说的地方我也知道，就在青年公园那边啦，可是不是景点哦，我们台湾人自己都不去，真的没什么好看的啦。除非你有一定理由非去不可，你们愿意告诉我，我也好帮你们想想办法……”

“不帮忙就讲不帮忙嘛。我看过地图的,有什么不顺路的?台湾夜市到处一个样，让你讲得有多少好？”年届耳顺的男团员皱起眉头对导游打了几句官腔。转脸朝向老妇人，用家乡方言恭敬地道:“二孃孃，自己打个出租走一趟一样的。”

导游带的这个环岛旅游团是乘商务舱、住五星级酒店的高价团，标榜服务一流，把客人当成上帝。照理应该有求必应。可是除了旅行社有保险问题不容旅游大巴随意改动路线，导游更怕团员脱队不归。台湾那时刚刚开放对大陆团体观光，明明大家想赚人民币，官方却又祭出严厉罚则，不但不准散客自由行，还责成旅行社保证接待的观光客“团进团出”。虽说这一团看来都是有头有脸的豪客，不大可能有人脱队留在台湾打黑工，可万一人走丢了一两个，主管单位记点、扣分、罚款的计较起来，旅行社和导游还是要吃不了兜着走。

然而看见两位客人如此坚持要去一个连本地人都不屑一顾的冷门地点，导游被激起了好奇心。沉吟一下，决定发挥台湾人素被推崇的热情服务精神，提出了个解决之道：“这样啦，青年公园那边虽然明天不顺路，其实离我们今天晚上住的旅馆不远，而且明天我们行程很轻松哦，早上很晚才出发，如果两位明天六点半可以起得来，早餐给他随便吃一下。那我！”导游拍拍胸脯，夸张地做出个“阿杀力”（豪爽）的表情，“我，小关，开车陪你们过去那边跑一趟。虽然时间不多，至少可以在牌子前面照张相啦。不然金奶奶一直说她参加我们这团，好不容易来一次台湾就是为了去那里，最后没有给她去到，啊换作我也是会不甘心的啦。”

次日三人如约在大堂碰头，七点不到就一起登上了导游的自驾小车离开旅馆。

健谈的导游爱交朋友，碰上谁都能聊，平日的嗜好就是东拉西扯，挖掘身边八卦。打从接机起就和团员猛攀交情，有时盘问仔细得像身家调查。偏这两位气度不凡，打从第一眼就让他留了神的海派陆客却总是摆出一副拒人于千里之外的样子。

“金奶奶、金杯杯，你们叫我小关就好了，不用叫我关导啦。”小关第一次得到机会和两位让他特别感到兴趣的贵客套近乎，说着说着原先有些刻意造作的台湾腔也淡了，更忍不住卖弄起常识来，“你们在大陆听说过台湾的白色恐怖吧？一九五〇年到一九六〇年是高峰，也有人算到一九八七年解严，说是史上最长戒严时期。那个时候我们台湾和大陆是敌对的哦，你们叫我们‘蒋匪’，我们这边叫你们‘共匪’，哈哈，两边互相叫骂，也不想想这样一骂全部中国人就都成了‘匪’。哈哈哈！”

看见乘客对自己要的冷幽默没反应，小关换了诚恳的声音问道：“请问你们到底要去那里做什么呢？那个地方真的很冷门哦，不但没有风景，还有人说那里煞气重，没事最好别去。而且要是你们叫车去，我敢说计程车司机也不一定知道地方呐。我是我家刚好住在永和的堤防边，每天从窗子里看到河对岸，一直好奇那里到底是怎样的地方，才特别去查过。我干这行的自己都没有去过。今天终于去到，还是托了你们的福耶。”

聊没几句，挂着青年公园招牌的大片绿地在望，果真离旅馆就几分钟的车程，公园旁边还是个热闹的早市，一大早就已经人声鼎沸。让导游台普叫成“杯杯”的金伯伯金时元难掩兴奋地轻喊出声：“到了！到了！”

掌着方向盘的小关笃定地说：“不是这里啦。青年公园谁没来过？要到河边才是你们要去的马场町纪念公园。我车子要转过去，那边应该有个洞可以钻过堤防。”他不紧不慢地沿着绿地兜起圈子，一面继续搭讪道：“你听我口音这样，其实我家是从大陆过来的。照台湾说法，我算外省人哦。可不可以告诉我，你们为什么一直要去马场町呢？你们知不知道以前那里是国民党的刑场啊？从前白色恐怖的时候，很多人被当成‘匪谍’抓起来，都是在马场町河边枪毙的呐。以前这里有军用机场，叫南机场，这一带都是军营，好像还有个日本人开的马场，所以叫马场町。几年前才搞了这个纪念公园。平常没有人来这种地方的啦。你看连我这种专业的都没来过噢……”

“啊，你看我说得对不对！从这里可以过去。”小关得意地打断了自己。转个弯绕过来，果真让他找到了个边上有箭头指向目的地的水门，像打通了条短短的隧道一样，车子穿过堤防开到了河边。

天地在过了堤防的一瞬间忽然开阔。空旷的河岸让被市中心拥挤楼房挡住的视线瞬间飞跃过新店溪，访客正感眼前一亮，一个长满青草，巨如小山的大土堆却拔地而起，拱起在一片风景里，恍如眼中之钉。

虽然离开了熟悉的旅游行程，小关没有忘记他的导游身份，尽责地介绍道：“这里就是马场町纪念公园。你看我没骗你们吧，真的什么都没有，是不是？”他暂停路旁，让乘客下车，指向土堆叮咛道：“我们时间不多哦，你们先下来自己走过去看看好吗？我去那边停好车就过来找你们。”

“孃孃，个嗒这里！”时元绕过土丘后喊金奶奶。

即使以入台证上报低了的生日算来，金奶奶高龄也八十大几了，可是她精神矍铄，背不驼来腰不弯。听喊立刻抢步上前。

“个嗒，”时元指着地上说，“有块碑！”

金家姊妹由大姐起就瞒年龄，排行老二的金奶奶实际高寿已经九秩晋二。连日跟着旅行团赶行程没有露过一丝疲态的老人此刻听说有碑，忽然膝下一软，老侄子急忙靠近伸手搀扶，她才勉强止住脚下踉跄。

未待站稳，金奶奶急忙道：“念！念！”

“马场町河滨公园纪念丘碑文，”老侄时元清清喉咙，用浙普一类的腔调念了下去，“一九五〇年代为追求社会正义及政治改革之热血志士，在戒严时期被逮捕，并在这马场町土丘一带枪决死亡。现为追思死者并纪念这历史事迹，特为保存马场町刑场土丘，追悼千万个在台湾牺牲的英魂，并供后来者凭吊及瞻仰。“中华民国八十九年，八月二十六日。”

“民国八十九年，他们这个八十九年——是二〇〇〇年。这石碑二〇〇〇年才立？没有说埋了谁，是吧？”金奶奶的情绪渐渐平静了下来。她说话字正腔圆，不但没有时元的上海口音，还带着点南下老干部的京腔。她也像个首长般地微微颔首，对眼前所见做总结：“还给咱们的人都平反了，国民党居然能承认他们当年杀的都是为了追求正义和改革的热血志士。”

金奶奶看近不灵，只能远眺的老眼扫向土丘上端状如烽火台的小小平顶，语气激昂地续道：“你看！国民党这边还给造了个墓。不管有没有名字，让大家都晓得这里埋着的是为了理想牺牲的无名英雄！”

停好车赶过来的小关听见接腔道：“不是墓呦，那个时候枪毙的尸体很多，有家属领回的领回去下葬，没人领的都送去埋在六张犁那边的乱葬岗里啦。”向土丘一指，小关手舞足蹈，以充满戏剧张力的声音描述道：“这里枪毙人以后，士兵拿土把血迹盖一盖，一直枪毙、一直拿土盖，土垫高了，再枪毙、再盖土、再垫高，最后堆出这座小山来了。不然你看这里是河边哦，地都是平的呐，哪会有这样高起来的一块呢？都是清理血迹垫的土，填出来一座山了耶！”

金奶奶沉重地舒了口气，不再理睬多嘴导游的瞎掰臭盖，自顾自缓步向前几步，对着石碑恭敬欠身，心里一一默祝四妹和其他知道的赴难狱友，开始她这迟到了一生的悼念。

被带走时一言未发，好整以暇先拿出梳子梳头，经过她面前仿佛还对她抿了抿嘴角微笑致意的难友叫“白云”还是“白雪”？后来那个一路哭喊，被拖行时高声叫着“妈妈救命”的大学生是“文丽”还是“文玲”？

一张张年轻的脸庞清楚浮现，名字怎么就记不清了呢？

“唉！老了！”金奶奶叹息。

其实名字对老人而言，不过几个符号。心里永远无法磨灭的，除了那些青春的面容，还有午夜萦回耳中，让她无法安睡，等到终于入睡，又每每让她在清晨惊醒，当年总在拂晓时分响起的悲歌：

安息吧死难的同志，别再为祖国担忧；

你流的血照亮着路，我们会继续前走。

你是真值得骄傲，更使人惋惜悲伤。

冬天有凄凉的风，却是春天的摇篮。

安息吧死难的同志，别再为祖国担忧；

你流的血照亮着路，我们会继续前走。

四妹舜蕙在自己被送到离岛后才蒙难，那时他们还唱不唱这首歌替凌晨被带走的狱友送行呢？金奶奶任凭思绪漫游，一面无意识地，闷声不成调，有字近无音，哼唱出萦绕在脑海里的乐章。

过去种种都到眼前，故人个个音容宛在。金奶奶想：要自己这整代人都死绝了，当年那些忽然从身边消失了的难友，才会随着垂垂老矣的伙伴们完全离开这个人世啊！

“好多人的名字都忘了。有的是同志，有的不是。像你四孃孃，真冤枉！”金奶奶对走上前来并排站立的老侄时元感叹道，“国民党、共产党，不都是中国人？脸上没刻字，晓得你谁是谁？你杀我，我杀你，自己中国人杀来杀去，那是个什么世界？就是乱世啊！”

乱世里一切失序，敌友难分，人在江湖也多有化名，即使是同志之间，也不见得知根识底，甚至有坐进大牢再验明正身，“正法”之后还不知是错杀了的冤案。

将近半世纪之前，是不是也像今天这样一个金秋送爽的清晨，金家四小姐舜蕙挂着被军法官画了个大叉的“金舜菁”名牌，绑赴刑场？是不是就在这里，随着溪畔的枪响，妹妹含冤代替姐姐倒卧在这个土堆之前？

舜蕙倒下的时候，金奶奶，当年的金二小姐，正牌的“金舜菁”，正以“金舜蕙”的身份被押送离岛。对于妹妹代替自己被捕，最后还遭到枪决的悲剧直到出狱时都一无所知。

服完以私渡入台却未能及时自首为主要判决理由的五年“轻刑”后，舜菁离开绿岛时年纪已近半百。再履斯土，人事全非，台湾不但未能如她所愿的被“解放”，她眼中的边陲小城反而在美帝的庇护下成了老蒋的“反攻大陆复兴基地”。戒严令下的台湾气氛肃杀，她与组织完全失去联系，昔日同志生死未卜，密友也不知所终，他们当年的头号敌人小蒋，已贵为“上将国防部长”。

此时金舜菁在台北，却只是个刚从牢里放出来的前科犯，她眼前最急迫的问题已经不是如何报效党，而是怎么生活了。

虽说舜菁被捕前就知道金家姨太太所出的一个弟弟和两个妹妹都在台湾，可是金家二房和三房素来不合，舜菁只怕说起家世是手足，翻起旧账成仇人，哪敢投奔？幸好在生活面临山穷水尽之前，联络上了一位先她毕业的绿岛“同学”，这才找到人作保进了翻译社任职。薪资虽然微薄，也还足以糊口，算是解了断炊的燃眉之急。她也赶紧搬出环境污浊又不划算的日租小旅舍，找了个比较长远的落脚之处，再赶紧依律主动向管区警局报到。

自认学了教训的国民党退败台湾后，对百姓思想言行明订管控流程，非常重视户政，像舜菁这样的自然登记在册，方便管区警察随时查访。久而久之，在地分局里几个巡警竟成了舜菁蜗居仅有的固定访客。

这天舜菁回到房东违章建盖在院里分租给单身房客的小屋时，门口站了个没穿制服却一脸公家人样貌的生面孔在等她。

“金舜蕙小姐？”退守到台湾的此时已经不流行称女士为先生。长久以来女人不分老幼，兴喊小姐。

舜菁点头答应，心里不免狐疑：自己冒充舜蕙，背着点小案子，不致惊动便衣。这人是什么来历？

她把客人让进一床一几的简陋住处，打算出去公用厨房取水奉茶，来人胳膊一抬把她拦住，顺手递过一张名片。

“王专员。”舜菁看名片上印的单位和头衔可比管区警察厉害得多，心下顿时提高警觉，就用怯懦的声音道，“我现在是良民，我们这里的警察常常来查户口的，他们都认得我，晓得我的为人。”

王专员客气地说自己只是单纯来关心一下近况：“不要紧张，我们随便聊聊。你在这里还习惯？……对了，你有几个姐姐？”来人盯着她的眼睛问。

“真正的亲姐姐只有一个，我们是大家庭，同父异母的自然还有。不过不清楚大家现在都在哪里，反正没来往。”舜菁谨记自己金家“四妹”的身份，小心应对，“被你们关了这么久，出来敢投靠谁？现在就是孤家寡人。”她伤感地叹息。来人默默点头，似乎流露同情之意。

舜菁察言观色，觉得面前便衣人员看来资历尚浅，应该不难唬弄。决定反守为攻，说着忽然面罩寒霜，语转薄怒道：“又问我有几个姐姐干吗？冤枉被你们关了这么多年，还有什么没查的呢？你告诉我，像我这样让家族蒙羞，关过放出来的，有什么脸去找兄弟姐妹？还来问这些有意思吗？麻烦你开门见山直接说明来意好吧？你要听了答案不满意，再要保安司令部把我抓起来问也可以啊！”

王专员果然被她破罐子破摔，豁出去撒泼的样子震慑住了，赶紧安慰道：“我看过你的档案，冤枉不敢说，不过你确实是受了你姐姐金舜菁一案的牵连。”

“不要提那个人了！”舜菁恨声打断来人，把门一推，示意送客，“为几十年没消息的姐姐，关我五年还不够吗？”

王专员解释道：“金小姐你别误会，今天来是有你香港大姐的消息……”

既然不是避之唯恐不及的三房弟弟妹妹找她，舜菁慢慢松开了架着纱门准备逐客的手。

原来金家大小姐当年虽然晚婚，却钓到了一只金龟。多金的夫婿叫陆永棠，一九四九年以后定居香港，摇身一变成了台湾当局亟欲争取的港澳侨领。

陆永棠在上海变天前夕，举家移居香港，他不相信共产党，可是对国民党更没好感，哪怕太太娘家在两岸都有亲戚，两边也都愿意笼络在侨界有影响力的成功商人，他却不为所动。等到大陆开始一波波的政治运动，陆永棠才终于接受国民党邀请，下定决心到台湾考察投资环境。

陆家几代华侨，亲友长居海外，在寻亲方面国民党对他本人并无可效力之处，倒是他的夫人金兰熹说自己在台北只和三妈妈生的儿女有联系，其实另外还有几个失散的二房妹妹听说也在台湾，机会难得，烦请相关单位帮忙找来见面。

舜菁冒名的老四“金舜蕙”有案底，找出来不费吹灰之力；只是需要争取点时间做“勤前教育”，万一人在绿岛改造得不够彻底，遇上亲戚大讲当局坏话，那就不如不见。另一个老五金舜菲其实也找到了，住在基隆，可是任凭怎么劝说，五小姐和家人都不愿来台北和姐姐团聚。至于已经伏法的“二小姐”，就只能等陆先生和夫人到了台湾再做说明了。

经由公家牵线和大姐联系上，舜菁才首次直接听说自己离家后父母家中发生的大小事，连舜蕙到台湾以后的遭遇，也得到线索拼凑，轮廓逐渐浮现，最后更经由管道，让金家姐妹看到了“匪谍金舜菁”行刑那天拍的“遗照”，证实四妹舜蕙的死讯。

除了内疚，舜菁更为以亡妹的身份继续在台湾待下去感到不安，再三央请姐夫作保，帮她尽快离开国民党控制下的这个“险地”。

即使有侨领当靠山，当时国民党治下的一般老百姓轻易不得出入境，背着案底的舜菁奔走经年，“护照”申请书上才盖齐所需要的章子。

她在一九四六年奉派到台湾，深入敌营二十年，不但一半以上的时间耗在逃亡、坐牢、躲藏，最后还要靠久违的娘家人，以一本代替她死难的妹妹“金舜蕙”名字的“护照”脱险。

感慨万千的舜菁来到香港，却发现国内的整肃运动已经铺天盖地而起，她虽再度死里逃生，却还是陷在报国无门的窘境里。

大陆十年浩劫期间，社会失序。离开和对岸完全隔绝的台湾，到了消息灵通的香港，舜菁不用找到同志打探，只要天天翻开报纸，就看见一条条惊天动地的新闻；各家报纸深怕消息不够耸动输给同业，图文都拣残缺不全、五花大绑，或者被斩去头颅的尸体来描写红卫兵派系之间斗争的惨烈。香港记者采访不到见证人，就发挥想象力，弄得看报像读惊悚小说。

舜菁思之再三，决定不轻举妄动，她选择性地和组织保持失联，继续当她无依无靠的孤老太婆。

然而她在香港的姊妹毕竟不同于台北那些可以老死不相往还的亲戚，慢说大姐夫妇对她有恩，六妹舜蒂跟她更是一母所出，可是姐妹们的人生志趣相差太多。香港小如弹丸，想躲开熟人没有说起来容易，舜菁只能尽量避免和富贵的姐妹往还。

“铜钿没额，派头笃（大）来兮！”六小姐舜蒂讲到二姐就发火，“请不到的呀！我今天跟她说，对笃姐夫都这样，那叫不识抬举，忘恩负义！”

舜菁听到任何闲话都装没听到。她自食其力，凭借外语能力过关斩将，一把年纪考进洋行当文员。混迹在中环脚步匆匆的人潮里，做低眉顺目的普通小市民。

直到“文革”结束，她得知自己的上线通过各种渠道居然熬过改造，从劳改农场回到北京，官复原职。舜菁也就和组织重新取得联系，更费尽力气恢复本名，以延安时期老革命家的姿态回归祖国，更以爱国华侨和离休干部的身份，得到了一个涉外单位的顾问之职。

到任的那天，年过六旬的舜菁老泪纵横，心中万分感念党和组织，居然没有想到自己的新职有可能再度沾了侨领亲戚的光。中国人讲风水轮流转，现在轮到大陆改革开放，积极争取海外资金了。

身为新官，舜菁自忖，哪怕半生无成，党竟没有忘记她！

她慷慨激昂地对着办公室里负责打杂的大爷发表上任感言：“我人会变老，我报效党的心永远年轻！”

其实除了有个办公室可以坐坐，舜菁这份闲差和老得退了休也差不太多，一天都有二十四小时要打发。

舜菁在同一个胡同里的一头一尾居住和上班，每天两点一线，到哪都是看报喝茶打毛线张罗吃食，逐渐也就习惯了把自己的生活照顾好，一天过完就算完成那天的工作。

非官非民地，舜菁上午从胡同尾走到胡同头，下午从胡同头走回胡同尾，也算驻京十年。眼看着胡同里一幢幢一九四九年那个点上，产权由私转公的四合院，被拆掉改建成高楼，再卖出产权证，由公转私，成了一个个新北京人的家。房地产的兴盛带动百业，新中国日渐富强，国庆节天安门前排排站着的大官都换了舜菁眼中的生面孔，算起来全是她参加革命以后的二代甚至三代人。

人心和社会的改变终于让舜菁不能不服老了。老左派这才算掐熄了自己此生最后的一点报国之心，对祖国更欢迎像她姐姐、姐夫那样带着铜钿的资本家回乡的现实，也从咬牙切齿到坦然接受。

中国和国际接轨，统战部门闲置的特立机关遭到裁撤，连他们单位那幢原来没人看得上的小四合院，外墙上也画了个大大的红色“拆”字，金舜菁老人别无选择，只得接受家族的召唤回到出生地上海养老。

当人生对政治的热血洒尽，没有丈夫子女的老人，在生命开始倒数计时的时刻，回头拥抱她向来不屑的封建亲情，每周固定三次和她从前的阶级敌人，也就是当年她那些一听见“又闹革命”就赶紧落跑，后来成了“香港上海帮”或者“纽约上海帮”，却在改革开放以后荣归故里，搭伙在北上广炒楼，赚回家产的亲友，一起下馆子、打麻将、想当年、话家常，过起解放前租界金府里那种，年轻的舜菁当年嗤之以鼻，谓之为“集体浪费氧气”的日子。

二〇〇八年台湾对大陆开放观光时，舜菁已是耄耋之年，想想行将就木，就算自认依旧是坚定的无神论者，却可能人老智昏，又和港台来的三姑六婆们在一张牌桌上，东拉西扯了十年，难免受到影响，午夜梦回就也开始思考，如果死后有知，跟舜蕙在泉下重逢，妹妹会不会怪二姐姐太过无情？

过年家族聚会时，她表达了想要去台湾祭拜亡妹的人生最后心愿。拿姑妈们当成父母般孝顺的金家子侄就领命去办理手续。

共产党员入境台湾，哪怕是离休干部参加旅游团，也要盖比平头百姓更多的章。八个月后，老人终于拿着印了舜蕙生日，和她金舜菁之名的入台证，来到疑似四妹当年的绝命之丘。

“四孃孃的名字我们都记得的。”侄子时元恭敬地说。

时元的父亲是金家幺儿安勤。安勤大排行第九，上面有七姐一兄。一九四九年上海局势混乱，亲友纷纷走避海外观望，时元母亲临盆在即，行动不便，家族决议，同意安勤这一房留下来看守家业。

家族中最后一个在老屋里出生的时元刚好赶上新中国。在各种政治运动搞得热火朝天的年代，他们家虽然和分住了金家大宅的新邻居们一样，穿着蓝色的衣裳，用粮票排队买副食品，可是不管戴着红袖章的人来家里抄多少次，地板下或者墙壁洞里，仿佛还是能掏出个什么物件深夜把玩。没有外人的时候，橱子里也摸得出几颗巧克力之类的稀罕零食给孩子们解馋。除了特定时间，从香港邮来的信件和接济，隔三差五也都能到手上。

那个时候中国普遍缺乏娱乐活动，哪怕曾经是远东第一大城的上海也不例外。时元成长时期的重要家庭娱乐是听父母讲古。虽然他们这一辈没赶上亲身经历金府的全盛时期，从清朝到民国，曾经被认为是罪恶渊薮的大家族在人的嘴里去芜存菁，几代革命志士拼出性命打倒的封建，成了值得缅怀的传统。年、月、日、时、地、人，在见证者的口中说出，扭曲的记忆比史书还权威。金家孩子们听大人讲讲，就好像自己也从其中走过。国内国外，死的活的，随便哪房亲戚，都在家庭闲谈里留在了身边，仿佛从来没有离开过上海，也就没有从时元“新中国的孩子”这一辈的成长记忆里缺过席。

平辈亲友谈起二小姐年轻时的胆大妄为，喜欢撂英语的还会偷偷说一句：“She is the black sheep[①] of the family!”

年轻时就被称为“黑羊”的舜菁倒是一点也不黑。金家七姊妹虽然不见得个个是美女，却都有江南女人的白皙肤质。也有好事之徒在家族里硬加区分，说是不擦粉的话，三太太那边的舜蓉和舜美就比八奶奶的四个女儿水色差。

舜菁和舜蕙相差三岁，是金家七仙女大排行中的老二和

①黑羊，意为败类。

老四，中间夹了个偏房所出的舜蓉。一母同胞的两姐妹由同一个奶妈带大，姐妹个性虽然一刚一柔，可是感情很好，眉目也有几分相似。

舜菁刚满二十岁，大学还没毕业，就有媒人上门。提的男方也是旧家子弟，叫张汶祺，家族从清廷、北洋、国民政府到满洲国，都有亲戚当过官或者当着官，算是政治世家。汶祺圣约翰大学毕业以后，本来应该接受家族安排，谋个出身，他自己却无意仕途，反而流连十里洋场，借着各种名义赖在上海。长辈问起前途打算，一会说要去投靠“新京”的伯父，一会说要去找在日本的大哥，没几天又宣布要和同学结伴去欧美留学，拿了盘缠转个身却继续去当他的火山孝子。张家太太亲自到沪监军，也没法子让浪子回头，只好另作打算。她想，儿子既然这么喜欢上海，那就让他娶个门当户对，娘家有实力的本地媳妇，哪怕事业无成至少还可以传宗接代，也算是没耽误人生大事。张太太打定了主意，一面也就放出消息，到处张罗打听起来。

金家是遗老家庭，在上海住久生根了的几房都信中学为体西学为用那一套，封建的讲究藏在骨子里，表面上看来洋派得很，男女子弟都送出去上洋学堂，还请家教补习外语，虽然从没不欢迎媒人造访，却声称不盲婚哑嫁。当有人跟舜菁妈妈八奶奶提起张家，八奶奶仔细听了家世介绍以后，笑眯眯地说："张家儿子欢喜派对否？让他们见见面，小人自己先认识，你看好否？"

跟两家都熟的亲友就找机会带着娇客候选人上门了。

如果年轻人没有抱负不算缺点，论长相、家世和学历，汶祺确实是一个受到这圈子里婆婆妈妈们欢迎的女婿人选。他也是个带得出去的客人。玩心虽重，世家子弟分得清白相和结婚是两码子事。出名的纨绔张二少在金家出现的时候永远是个殷勤有礼、进退有据的年轻绅士，很快就和金府上下混熟，结成通家之好，把介绍人晾到了一边。

其实单看外表，汶祺觉得金家七仙女中，外貌最出众的是大小姐兰熹，不但容貌可人，连一双手伸出来都像玉琢的一样，抚在一张张麻将上，能让看牌的想入非非。有次他在桌边看几个女眷打麻将，兰熹摸的十三张只只不靠，只有陪打的份，可是她脸上不动声色，跟紧上家，扣死下家，做出将有大动静的样子，搞得桌上人人自危。一个抗压性明显低于其他三家的女太太口中喃喃抱怨没出阁的小姐牌打得太厉害，一会就自暴自弃，听了个鸡胡。牌一推倒，兰熹妙目微抬，赢家还没开口，她手上屎牌一盖，该给的筹码早就算好甩了出来。汶祺把一切看在眼里，感觉那个美貌的女赌徒有股说不出的帅劲儿，可是他记得自己来金家是替母亲大人找儿媳妇的，对未来的大姨子就止于欣赏了。

不止汶祺却步，金大小姐精明之名远播得早就没人敢上门做媒。媒人在台面上跟张家说“年龄不相当”，像嫌女方虚岁二十五年纪太大，私底下悄悄说的却是：“那位请回家要当婆婆的。漂亮有啥作用？”

舜菁虽然不如大姐漂亮，可也不难看。她身材高挑，和妹妹舜蕙虽然长得像，却因骨架稍壮，视觉上大了一号，举止也多了几分英气。她不像金家其他女眷那样热衷玩麻将牌消遣，反而喜欢文艺和运动，闲暇时要不捧着本小说，要不就找伴出去看电影；又或者天气好去郊外骑马，有时也约人到乡村俱乐部打网球。汶祺对消遣的花样门槛精通，是个好伴，认识以后和舜菁单独约会了几次，家里就把二人看成了一对，他们将有一个共同的未来也就顺理成章，毫无悬念了。

舜菁骑马的时候喜着男装，她原本就蓄短发，有时怕风吹乱，上点发油往后一梳，再套上马裤长靴，英气逼人，活像个假小子。汶祺北人南相，个头儿不高，却欣赏长腿女郎。

看惯了跳舞厅里穿着合身旗袍，襟上别着小手绢，扭扭捏捏的女人，跟大方爽朗，没有小儿女态的舜菁相处，倒也觉得耳目一新。

两人什么娱乐活动都玩得到一起，唯独舜菁跳舞时喜充男士领舞，抱怨被人带着转久头昏。家庭舞会的时候，汶祺就找爱跳舞的四小姐舜蕙当舞伴。

汶祺也算是舜蕙的练舞老师。满了十七岁的舜蕙刚学会跳舞，对这个新学的游戏简直到了痴迷的地步。一有空就打开留声机，缠着为她启蒙的二姐练习。

“好了！救命的来了！ Wayne！”看见汶祺走进跳舞厅，舜菁喊他的英文名字热情招呼。转过脸对让她带着转圈儿的妹妹说：“让张家二哥带你。谁还有闲工夫陪你这样没完没了？”

舜菁连滑几步，带着舜蕙舞向汶祺，接着一手轻扬另掌暗推，舜蕙就随着音乐的节拍倒向汶祺张开的双臂之中。

汶祺这个跳舞老师可不像舜菁那样死板，边跳还边数拍子：“嘭嚓嚓、嘭嚓嚓、嘭嚓嚓……”

他轻轻松松带着舜蕙跟上音乐节拍，轻柔打转，时快时慢，暗符节奏地摆动身体，口中还能随着留声机里的佛雷雅斯坦哼唱两句：

天堂，我在天堂，我心狂跳，有口难开，

和你共舞，仿佛找到了追寻的幸福——

当我和你脸贴着脸！

汶祺高超的舞技立刻让舜蕙感觉到了另一个境界，脚下轻飘飘的毫不费力，自然而然地就踩在拍子上了。逐渐跳出心得的舜蕙终于能放松身体任由舞伴带领，自己全神聆听乐曲，原先僵硬的腰和臀也开始微微律动。汶祺感应到女伴的信任，轻轻一笑，手一抖无预警地就把舜蕙扶着下了个腰，转小半圈又搂回怀里，还接连玩了几下花式。

首次完成高难度动作，舜蕙心中又惊又喜，越发小鸟依人。汶祺唱到“cheek to cheek”一句时，两人倏地擦面而过。如此惊险的一瞬间，亏他还有闲暇在距离最近的一点上，悄声赞道：“四妹妹有天分！”

音乐一停，舜蕙就红着脸对姐姐发娇嗔：“人家比你教得好多了！”

“那以后你找他，”舜菁巴不得地说，“再别找我！”

事后追想，三小姐舜蓉的生日舞会竟是舜菁最后一次参加金府派对，此后非但家族聚会再不见她的人影，乡村俱乐部和练马场上也芳踪绝迹。原来舜菁化小爱为大爱，转性把时间和心思都放到“抗日救亡”的爱国活动上去了。

在街上教唱爱国歌曲，发传单反分裂，呼吁国家团结对外，倾情爱国的舜菁往往要等到夜幕低垂才倦极归来。一进家门听见哗啦哗啦的麻将声、姨奶奶隔着院墙指桑骂槐、各房仆人口角纠纷、派对音乐吵杂，她就恶向胆边生，要拼命压抑上前把牌桌或者留声机掀了的冲动。想到白天在街上看到的难民，校园里听到的消息，和师生报国的热情，她感觉每天回家都是煎熬，简直没法再继续忍受这个醉生梦死的家庭。她也不愿再搭理追求者汶祺，甚至感觉只要和金家沾边的人和事都让她烦躁生厌。

金家里烦着的人可不止舜菁，八爷和八奶奶也烦得很。他们为了还没许配人家的大女儿不顾闺秀体面，出去甄选上“钢笔小姐”的事给亲友指指点点几个月了。日本人在华北加紧了侵略的脚步，难民涌入上海滩，学生用罢课、游行、示威的方式来表达爱国心，社会不安定让金八爷的投机生意也跟着赔钱，连乡下的佃农也找到借口拖延交租。金氏夫妇感到霉星高照，内外不安，就商量着把舜菁和张家的事情办了，不但七个女儿先嫁掉一个算数，家有喜事也好冲冲喜。媒人得了信，欢天喜地把好消息传了出去。

“你跟我二姐都要订婚了，”舜蕙充满了哀怨地问和她共舞的汶祺，“还跟我跳什么舞？”

汶祺闻言一愣，心想：舜蕙她这是喜欢自己的意思吗？嘴里却说：“跟小姨子跳舞不应该吗？你还是我的跳舞学生呢。”

舜蕙的眼泪在眼眶里打转，却忍住不让流下来。少女幽怨的眼神让汶祺这样的情场老手也我见犹怜。她委屈地望着汶祺好一会，才吸着鼻子说：“什么小姨子？你就这么等不及当我的姐夫？”

汶祺的手在舜蕙腰上紧了紧，语带调侃地道：“我等不及什么？多久时间都没看见你二姐人了。怎么听你说的这话有点酸呀？”

“侬晓得啥？我二姐真的欢喜你吗？”舜蕙把汶祺的手用力一甩，跑了开去。

汶祺站在原地，心里五味杂陈，甜的滋味虽然多一些，可是姐夫发现小姨子暗恋的对象是自己，恐怕再甜也要带上几丝遗憾的苦。汶祺暗自狐疑：不会是也喜欢上这小丫头了吧？

他无法解释自己难掩的惆怅。望着疾奔而去的少女背影，心里泛起对舜蕙温顺脾性的留恋，嘴里言不由衷地自言自语道："傻丫头，当妹妹不好吗？"

妹妹那夜把自己反锁在闺房里为情伤心，泪湿枕巾；姐姐也被拘留在巡捕房里披头散发，泣不成声。

白天舜菁参加的爱国活动起头一切如常。演讲组的教授带领着他们几个同学在街头演说、派传单，宣传抗日救亡运动。没想到两个英国巡捕经过，看到人潮尚未聚拢，大约觉得是个好机会摆摆官威，不由分说就扬起警棍打骂驱赶。一个男同学自保抵抗的动作大了点，立刻被棍棒齐下打得头破血流，同伴们上前声援，也都挨了几下，最后三男两女外带老师，一行六人都被带回了巡捕房。老师被指控为共产党员，单独关押，几个学生轮流被盘查，一直折腾到第二天下午，才通知家里来具保领回去。

"都是来讨债的！胆子不要太大了！"八奶奶在家大发雷霆，怒骂让她担心得一宿没睡的叛逆女儿，"外头以后不要出去了！学校都不要去了！”她叫来男工人在舜菁门上加了把只能从外开的大锁，三顿饭要女佣送进去，让舜菁闭门思过。

金八爷也气得吹胡子瞪眼，话都不跟女儿说了。八奶奶还要翻转头来安慰丈夫：“幸好日子已经订了，以后是张家的人，让张家管她！”

距离好日子越来越近，舜菁眼看反抗无效也自收敛，不但不再玩撞门绝食这些徒劳无功的把戏，还开始配合家里女眷筹备婚礼，更自言功课已经赶不上，竟然也不再吵着要回学校了。

家人以为她“改过自新”，专心待嫁，也就松懈了防范。毕竟是要结婚的人了，要好的同学总要请上几个的，就没有再拦着都不让联系，虽然到哪还是派人跟着，闺房也不再时时从外面上锁把她当犯人看守了，基本上算是解除了对舜菁的软禁。说到底，金家自诩洋派，不像传统的大家庭那样懂得做规矩，舜菁闯了天般大祸，打也没打一下，就意思意思地禁足了个把月。八奶奶心里的麻烦解决最终之道，其实就是把不听话的女儿赶紧嫁掉。

礼服最后一次改好送过来的那天，八奶奶把婚礼要用的首饰也收拾停当，贵重物品不假手佣人，老娘亲自拿过去舜菁房里让她试戴。喜滋滋进门却发现床铺整整齐齐不像昨夜有人睡过的样子，心中惊疑不定的八奶奶举目四顾，看见妆台镜面上粘了一张没有上款，却有很多惊叹号的字条，潦潦草草几个大字："国难当头，满汉一家。闺阁之志岂在嫁人！女子也要救国救民！驱除外国势力！打倒帝国主义！反分裂！反割据！抗日救亡！"

在崇洋遗老家庭里闹革命留书出走的落款就非"不孝女舜菁拜"了，纸上打横画了个龙飞凤舞的英文签名："Mary"。

新娘落跑，金府这下炸了锅，到处找人不到，又还不敢通知张家婚期可能有变。闹腾了几天一筹莫展，正准备硬着头皮告知男方，需要取消婚礼，媒人来传话，说张家已经听说新娘逃婚，为了两家颜面，提供一个解决问题的办法："妹代姐嫁"，张家请问四小姐舜蕙愿不愿意？

八奶奶虽感张家无礼、媒人荒唐，毕竟是自己这边理亏，就也认真考虑，还当件事提出来和大家商量。大家庭是非多，无风都要起浪，何况有人给题目。姨太太这下不高兴了：无论男方是不是块香饽饽，求亲连候补都跳过三妹舜蓉，点名四丫头，难不成是轻视偏房？不免冷嘲热讽，有机会就挑几句添乱，闹得金宅上下不安，不但金八爷夫妻屡起勃谿，也更加恶化二房和三房的感情。连素来冷静又有主意的大小姐兰熹，表面看起来好像事不关已，心里也为媒自伤，毕竟她才是七个女儿里最该着急找婆家的，自己看不看得上是一回事，可是怎么偏就没人想到她呢？

金家两天没给张家回音，男主角等不及了居然自己登门，而且大胆求见舜蕙。不得不继续扮演开明家长的八奶奶，无奈喊出还不满十八岁的女儿，自己在一旁做出壁上观的姿态，其实已经准备好随时出手，要利用对方失礼的机会挽回己方失信在先的劣势。

汶祺却并不在乎众目睽睽，一见舜蕙出现就热烈迎上前去，接着单膝下跪，握住伊人一只小手，说："我一直喜欢的是你。四妹妹，嫁给我好吗？"

在场众人立刻都给这好莱坞电影里才看过的一幕惊呆了。舜蕙用有空的一只手掩住小口，避免惊呼出声，呆望着汶祺从兜里掏出个戒指为她戴上。

"Dear Maggie，"汶祺喊舜蕙的洋名，用英语再求一次婚，"Would you marry me？"

等了几秒钟见舜蕙惊喜得眼眶泛红，却只知望着面前的人发呆，汶祺就轻笑着提醒道：“说 Yes 啊，要不点点头也行。我在这儿罚着跪呢。”

两个家族之间一场可能的干戈就此化为玉帛。

时局混乱，爱面子的家长也只好珍惜资源，既然双方都有心促成，盛大的婚礼决定如期举行。只是时间紧迫，礼服和婚礼现场的条幅能连夜修改，请帖就来不及重印或者收回了。两家拣要紧的贵客各自派人登门，或由八爷夫妇亲打电话道歉和说明，却毕竟未能一一当面解释。新娘李代桃僵虽安然过关，没有闹出丑闻，却有不少宾客到吃完喜酒都没弄明白新娘到底是金几小姐？

婚后汶祺好像真的收了心，不过也有谣言说他在舞厅里的相好另外找了比他更阔的户头，让他看清风尘里只讲真金不讲真情的现实，一时意兴阑珊，终于舍下花花上海，接受家里的安排，携眷北返。

逃婚的舜菁却宛如人间蒸发，家中动用各种关系也没得到线索。起先还听有人说她留在上海参加了共产党，战争期间又有人说好像在北平见到她。

放宽时间轴，两个消息都正确。舜菁离家后经由老师引荐，在上海加入了共产党。数年后，又被派到北方去参加工作，足迹遍布华北、东北和西北。抗战期间，她转入地下，确实在北平沦陷区待过一段长时间。二次大战结束，舜菁因为通日语，又有上海的地缘关系，组织连家也没让回，直接就把人派去了台湾。

彼时舜菁离家出走已有十年，先为国后为党，最后成了习惯。她一直把小我置之度外，战时做着最危险的工作，把作为一个女人所有的激情和痴心，都倾注于实现共产乌托邦的信仰，到了而立之年也没有考虑过该有的归宿，算是被动地奉行了“不婚主义”。在地下党同志们朝不保夕的人生里，异性只是彼此的点缀，贞节牌坊更是他们要打倒的封建指标。虽然不是老处女，舜菁尽量洁身自好，起码她对男女之事小心翼翼。见得多了，什么环境和时间都有傻女人，甜蜜和伟大的爱情，于她眼中远不敌在没有卫生条件下难产的现实来得残酷。

可是缘分这事就是难说。舜菁走遍大江南北没遇见知己，漂洋过海来到宝岛，却和小她几岁，化名“老贾”的路嘉桐产生了奇妙的感情。

台湾的组织很小，小得没有理由不团结，可是闽人特重渊源，小小的台共组织从成立之初就一直有着派系矛盾。到了战后，更分成以留日同志为主的国际派，和出身上海大学的“上大派”。做地下工作避免横向联系，大家都只对自己的上下线负责，可是舜菁最初被派到台湾却负有调和鼎鼐，化解派系冲突的任务，因此虽和老贾不在一条线上，却因缘际会有过一面之缘，彼此虽然没有留下深刻印象，却知道对方是同志。

出生在东北的老贾长住过日本，战后还参加了日共组织，来到台湾后，原先在中部活动，上线是亲日的台共大佬，二二八事件之后台共组织瓦解，大佬出亡，老贾躲过了国民党的追捕，只身逃到台北，辗转和舜菁接上头，寻求庇护。刚到台湾的国民政府虽然停止了对共产党大规模的扫荡，岛上零星的镇压行动仍然持续，到处风声鹤唳。老贾才到台北的第二天，舜菁负责的情报站也被端了锅，匆忙之间跳墙而逃却崴了脚的舜菁靠着老贾的扶持脱险。

落单的二人失去了所有联系，被形势逼成了相依为命的亡命鸳鸯。他们大隐于市，深居简出，两人虽然不会说闽南语，却都会讲日语，就以日本留学生夫妇的身份做掩护。

和本地士绅级的房东语言沟通无碍，迅速地帮他们赢得友谊，房东的另眼看待减低了邻居对外来者的敌意。一对假夫妻得到周围本省人真诚的庇护，竟然躲过了非常时期在地流氓一时的追打，和国民党军队长期的地毯式搜捕。

难中孤男寡女夫妻相称，动情成了理所当然。为了避人耳目，他们很少外出，陋室内长日无聊，两人除了张罗三餐，就是终日贪欢，活脱脱一对饮食男女。可是舜菁却自觉他们感情的本质还是以革命情感为主，不同于一般的世俗之情。

无论他们的关系是难友、同志、姐弟，还是爱人，身世背景迥异的两人谈得来却是不争的事实。受过训练的地下工作者其实并没有常人需要倾诉心事的习惯，可是当今晚睡去，看见明天早上的太阳都成奢望的时刻，身边有同类的温暖却足以融化钢铁般的心志。

老贾外表冷漠，内心却十分多情，他告诉舜菁自己睡过很多女人，却从未表白，他感到时间仓促，生命无常，谈情说爱都是多余，喜欢一个人只能以最直接和炙热的行为来表现，要到现在和舜菁厮混终日，他才相信男女灵肉竟可合一。

困在斗室，日以继夜都要消磨，老贾越说越多，直到对舜菁无话不谈；有时他讲起和其他女人在一起的事，坦然得就像跟同性好友聊天那样百无禁忌。讲到动情处，他会亲吻舜菁，说："我就这样……"

舜菁光溜溜的躺在男人身边，并不感到嫉妒或者不自在。她觉得那是因为两人的革命信念都够坚定，足以升华为以任何形态发展的情感。可是此前没有和异性谈恋爱经验的舜菁其实并不懂自己和老贾究竟是怎么回事。舜菁觉得跟老贾一起，确实让她自觉是个被男人喜爱着的女人，可是他们的爱情关系和她经过见过，甚至幻想过的，完全不同。爱情小说里描写的那种让人愿意生死相许的坚定之爱，舜菁感觉只有她少女时期的爱国激情堪以比拟。

对爱情的怀疑只是舜菁个人的内心独白，实际生活中，老贾就是她的男人，她把担心怀孕的事跟老贾坦白，经验丰富的老贾就教她些旁门左道，舜菁身体力行，为革命感情彻底地背弃了金八奶奶对女儿的淑女养成教育。

老贾和舜菁在男欢女爱中蛰伏等待，即将来临的明天，他们面对的可能是死亡，也可能是机会。

国民党在内战中全面败退，大量难民涌入台湾。成千共产党地下工作人员混在撤退的政府单位、军队和平民百姓中，来到宝岛，很快渗透到各阶层和行业。台湾共产党得以死灰复燃。

和组织再度取得联系的舜菁奉命和老贾就地建立工作站。患难情侣放下儿女私情，重新投入工作，对外也不再夫妻相称做掩护,二人正式成为上下级关系。舜菁要老贾负责的据点，就在离台北中枢不远的市中心一带。

台北市中心范围很小,“总统府”特别行政区旁的西门町人却不少。天南海北,中国又何其大？舜菁居然在台北西门町，人头攒动的中华路上巧遇她昔日抛弃的未婚夫汶祺，让人不能不感叹世界何其小!

滞留台北的难民太多，住房紧张的情形短期内无法改善。沿着中华路的铁道边，雨后春笋般地冒出密密麻麻的简陋棚屋。屋子窄小，做小生意的搭起雨篷把锅炉货架摆到了街上。中华路上的行人迈不开步子，只能主动分流，对向鱼贯前行。

那天舜菁先是夹在左手边的人潮中随众徐行，起先看到的只是前面一个男人，戴着顶湿热台湾少见的呢帽引起了她的注意，那背影越看越眼熟，让她起了职业性的警觉心，直觉地感到需要进一步辨明。

她加快脚步，左闪右让，抢到前面二十米后，转身回走，赫然发现果然是熟人。就在她还没决定是否相认之时，眼尖的汶祺却迎面先认出了她，而且喜形于色张口欲呼，她只好赶快接近，把他的袖子一拉，低声道："找个地方说话。"

后来舜菁坚持吸收汶祺绝没看在昔日之情。她自认对逃婚的事从没感到愧疚过，更不可能因为他后来娶了自己妹妹，成了一家门。

"这么做，"她告诉老贾，"完全是为了工作上的需要。"

汶祺和不知情的现任伴侣商淑英是逃难途中结的露水姻缘，随时可以说散就散。只是这个女人不简单，从良前在上海百乐门舞厅红过一阵子，吃喝跳赌的门坎不是普通精，交际手腕也一流。舜菁让老贾负责的点，既然以俱乐部的形式做掩护，让汶祺和商淑英这对曾在十里洋场上打过滚的临时夫妻出面主持，可谓适才适所。

虽然成为了同志，可是舜菁贵为一方负责人，和属于外围分子的妹夫层级有别，等老贾的据点稳定后，汶祺跟舜菁就连面也见不上了。

未久汶祺从香港亲友处辗转听说，舜蕙带着他们的儿子离开北方老家到了上海，富贵一时的娘家却已树倒猢狲散，无处可以投奔。他急于接济娘儿俩的家事竟然无法直接上达舜菁，还要靠老贾转告。

"你知道我不能管他们这个事，"舜菁狠心地说，"你那里刚上轨道，我那个妹妹来了怎么算？”

老贾却对情人有心，沉吟道：“你妹妹和儿子在上海我们帮不了，让她过来倒不用你出面。有条船走乐清，我们有人来的时候可以捎上她。只要你不反对，这个我来安排就行了。”

舜菁叹气道：“父母不在了，家里十几年不通音讯，一大家子都散了。我跟这个妹妹以前最要好，也不是不想她，可是这里已经有个张太太，来了让她们闹家务？我们不能影响工作。”

老贾微笑道：“这都好办。她们不必见面。这里本来就是个戏台，除了你和我，有什么是真的呢？”

舜菁心想：老贾比自己小，果然比较天真。非常时期的相濡以沫之情就算是真的，也已时过境迁。世上除了组织，哪里有值得任何个人付出真心的对象呢？

老贾看舜菁不再做声，认为她是默许了。他真心诚意要讨好舜菁，她是他的长官也是他的爱人，两个身份都值得他为她肝脑涂地。

舜蕙自然不晓得隔海发生的一切，人在上海的她带着儿子日日以泪洗面，只感到墙倒众人推，四处碰壁，连继承家业留守家园的亲弟弟也声称自身难保，没如她所愿地鼎力相助。然而祸不单行，人生更大的灾难旋即降临，她和汶祺的独生儿子忽然高烧痉挛，延医不及，急症身亡。

舜蕙草草办完儿子后事，万念俱灰，正在盘算如何才能自我了断，好去泉下照顾娇儿的时候，一个自称是汶祺朋友的人找到她，告诉她丈夫在台湾，要接她去团聚。她就糊里糊涂地和个初识的男人来到浙江海边，在月黑风高的晚上伙同另外几条"黄鱼"乘渔船私渡，过了黑水沟。

冒险登陆后，并没有如舜蕙预想，一上岸就和丈夫拥抱团圆，反而被领她来的人单独安置在台中县的一幢小屋里，临行还要她切莫张扬，只须静静等候。

她和邻居语言不通，对环境也不熟。看起来像是乡下的地方却不安静，住处附近竟然有个机场，时有飞机起降，轰隆轰隆，吵得她夜不安枕，披衣坐起回想充满苦难的过去一年，自觉神经逐渐衰弱，常常垂泪到天明。

后来汶祺终于来了。每次来还都带不少家用给她，可是偶来一趟，却只短暂停留两天就"必须回台北"。舜蕙怀疑丈夫在台北另外有了家，一改温柔秉性，常借小故吵闹。

夫妻吵架难免言辞交锋，一扯到客死在上海的儿子她就既心痛又心虚。作为母亲，她没法把丧子的悲剧完全归咎于内战带来的家庭和社会变故，她更内疚自己没有尽到照顾的责任。家大业大的金家四小姐，官高禄厚的张府二少奶奶，儿子病了居然没请名医诊治，让只是感染了破伤风的儿子延迟救治以致枉送性命！

她想到一起乘渔船私渡到台湾的那个乡下女人，一双解放脚，又不会游泳，把还在吃奶的婴孩绑缚在胸前，决然地踩进虽属浅海，却也随处可以教人灭顶的冰冷海水里。那是多么地勇敢！她怎么就这样无能，让儿子死在自己的怀里了呢？

私渡上岸那天时近黎明，四周却仍昏暗，被赶下船的几条“黄鱼”在海中载沉载浮等待接应，舜蕙几次出手拉住那个站立不稳的女人，看她奋力把婴儿举高，用脸颊暖着被海水冻得面部青紫的孩子。

为什么在上海就没有人对她母子伸出援手？！

“我要你赔我一个儿子！”她对着难得来一趟的汶祺胡闹痴缠。

“儿子的事是命。”汶祺轻轻推开妻子，沉声道，“你听好，人家早就要我不要来了。我也是听命于人的，身不由己。还好你什么都不知道，既然接了你来，看来你二姐对你还是有姐妹之情的。”

“我二姐？她在哪？也来了台湾？我们家十几年没她的下落，怎么你有她的消息？”舜蕙忽然醋意上涌，翻身而起，对着丈夫怒道，“你们一直有联络？我就知道你忘不了她，她才是你的心上人！”

“我哪里见得到你二姐？”汶祺喊声冤后，旋即警告妻子，“她的事情知道得越少越好。是我多话，为了我们的安全，以后再也不要提她了，好不好？”汶祺看妻子一脸狐疑，并没有被他说服的样子，又接着叹气道：“你是我的发妻，世上我只相信你。心里有别人我会次次冒险来这里看你，给你送钱？现在的局势比跟日本人打仗的时候还危险，我们走错一步，就退无死所，要是去年我就知道这里是这么回事，我也不会去求他们把你接来。现在谁都不能相信，我们只能相信彼此。”说着他起身梳洗穿衣，准备离去，“我得走了。”

舜蕙泪盈于睫，抛下脸面，拉住丈夫手臂，放低姿态道：“不要走。”

汶祺望着妻子悲伤地说：“我也只想好好和你过下半辈子，可是现在由不得我。”行前他一如既往地嘱咐妻子不要随意外出，也不要结交朋友，最重要的是把他带来的钱妥善收藏。

他们在台湾人生地不熟，将来夫妻逃离生天长相厮守要有积蓄。

虽然不明就里，舜蕙谨记丈夫的交代，日子过得小心翼翼，跟邻居很少招呼，小菜多半跟挑担经过门前叫卖的乡下人买，连市集都非必要不去，每天窝在家中打打毛线、听听收音机、看看书报打发时间。日子清苦寂寞却不是没有希望，舜蕙觉得自己私渡到台湾后至少天天有盼头：白天盼夫来，入夜盼天亮，更无时无刻不盼着国共打完这一仗，不逃难了可以回家。

岂止舜蕙，流落在岛上的外省人不知有多少都在盼着赶快回家！不管信不信老蒋能反攻大陆的人都想：跟日本人也不过打了十四年，自家人之间能有什么深仇大恨，国共内战难道会打得比对日抗战还久？

然而转眼舜蕙在台湾一等八年，和平没有盼到，却盼来了怀孕的意外之喜。

三十九岁才再度怀孕，舜蕙除了高兴，自然还要担心，她盼着汶祺来了陪她去看医生。可是那个八月从七号开始一连三天滂沱大雨，收音机里报的都是坏消息，播新闻的管暴雨不停加山洪爆发的这场灾难叫“八七水灾”，死伤的人数天天增加，还说不但中台湾农田积水不退，全省铁路也柔肠寸断，到处都在抢修，不知何时才能恢复通车。

汶祺来家的时间本来就不一定，再加上天灾延误，舜蕙等不及丈夫来了再商量。看看路上水退了，市集里商店也重新开门营业，她就向买过几次毛线的小百货店老板娘打听，自行找到镇上医院，填了单子申请产检。

哪知后来那张填了“紧急情况通知人：张汶祺；关系：夫妻”的病历就跟着她去了“警备司令部”，成了证明她隐瞒“真实身份”的证据之一！

“是我的亲笔没错，”刚被公家“请”进去的时候舜蕙脑子还清楚，她对坐在桌子对面审讯她的人分辩道，“讲了很多次了，我不认识你们要找的张世棋。张汶祺的确是我丈夫。如果怕人晓得，我就不会照实填写了。”

另一个面貌不善，站得远点的公家人，劈手抽出张西式请帖，扬起来问她：“这是你的结婚喜帖吗？”

舜蕙看见粉色信笺上面大红的“张金联姻”和浮印的“W&M”，就说：“是的，W&M是我们英文名字开头的字母，Wayne和Maggie。”

站着的人把请帖翻开看，头也不抬地说：“可是你说你叫金舜蕙，不是金舜菁。”

舜蕙有点不耐烦地提高声音道：“你们要我讲多少次？金舜菁是我二姐，超过二十年没见了。”

那人冲到舜蕙面前把请帖向桌上一拍，凶恶地道：“你给我老实点！要说这张请帖是你的，那上面张汶祺娶的可是金舜菁，不是金舜蕙。”

舜蕙忽然想起来，是听说过许多请帖来不及收回，还写着二姐的名字，可是怎么有那么无聊的人把张作废的请帖带到台湾来，还交出来成了指控她冒用身份的证据？

“如果没话说了，”先前主审的那人把一份文件推到她面前，“那你就签个名吧。不要在身份这种小事上再浪费大家的时间了。”

妹妹代嫁的一段公案说来话长，舜蕙思绪乱了，说话也变得有点支支吾吾：“我……我丈夫本来……不是，我可不可以——”

舜蕙怀孕刚满三个月，算是进入妊娠，虽然不再害喜，却容易疲倦又频尿，尿意上来了还特别难忍。然而她再不机灵也明白现在不是请求上厕所的时候，只是生理需求压迫着她的膀胱，让她无法好好思考，情急之下几句跳到脑子里的话脱口而出："金舜菁到底做了什么事你们要抓她？就算犯了王法，是国民党也不能拉妹妹顶罪对不对？你们这样还讲不讲理……"

语音未落，站着的那人忽然出手揪住舜蕙的头发，向上一提，恶狠狠地道："金舜菁，你太狡猾了！自己的事不一五一十地交代，还敢来问我们！"

舜蕙的脖子被拉得爆出青筋，扭曲着一张脸胡乱哭喊道："我不晓得你在说什么？我真的是金舜蕙呀！"

"混账！"那人用力扇了舜蕙一耳光，怒道，"我们认识你的妹妹！你没想到吧！"

被打得眼冒金星的舜蕙只觉得小腹一紧，随即有液体流过大腿内侧，人晕过去前她脑海还闪过一丝羞意，以为自己终于没能憋住，尿了裤子了。

小产后的舜蕙被安置就医，却并没有受到礼遇。军医院里医护人员对她冷冰冰的态度，和被铐在病床铁架上的一只手都提醒她，自己是个犯人，而身上所有的不适也在向她证实，这几天所遭遇的一切不只是场醒不来的噩梦。

虽然没人回答她的任何问题，根据本能她也知道孩子没了。她捂着似乎平坦了不少的小腹，感觉自己已经被世界遗弃，满心都是问号，却无人可诉：没人知道她被关起来了吧？不晓得丈夫是否安全，是不是正在寻找自己？在这里她听不到丈夫的消息，丈夫有没有她的下落呢？她被关起来会不会连累汶祺？大祸是舜菁替他们惹来的吗？二姐到底犯了什么滔天大罪，国民党要连坐二十年没见的妹妹？

“我好冤枉呀！”孤立无援的压力大到让舜蕙再也不能顾及风度。她一看见有人靠近就止不住地大哭大闹，重复控诉：“你们到底是谁？你们害死了我的孩子！你们是凶手！是魔鬼！”

太吵了！医生要护士加重镇静剂，还告诉司令部的人，好把身体上已无大碍的犯人带走了。他们这里不是精神科，没有人力和专业安抚小产病人的情绪。

负责金舜菁一案的调查人员回收了烫手的山芋。他们对镇静剂过量而眼神迷离犯人的真实身份，其实也不是没有疑虑，可是同一组人去年才抓了妹妹“金舜蕙”，而且采信了当时那个妹妹的说法：姐妹失联几十年，妹妹对姐姐“金匪”的作为一无所知。

即使如此，他们还是很谨慎的，错抓并没轻放，军法庭以私渡为由定了罪，不久前才把那个妹妹送去了绿岛。

看似能转圜的错误发生在公门里，也就起手无回了。既然已经有个“金舜蕙”在绿岛服刑，后来抓到的这个就只能是“金舜菁”了。可是犯人坚不吐实，身子还娇贵得很，一巴掌打下去就装死，领回来了又继续卖傻，问东答西，做记录的兜不拢，主官无法结案。正在头痛的时候，同伙的另一要角落网，根据情报，化名“老贾”的路嘉桐正是“金匪”的下线。世上没有比老贾更有资格揭发金舜菁这个神秘人物的真面目的了。果不其然，本来怎么都不肯合作的老贾，看到先他落网的“金舜菁”显得震惊不说，连对质都要求免除。老贾同意以把他的唯一死刑减成无期当交换条件指认昔日长官，坦白了一切。

有了同伙的自白书，“金舜菁”嘴巴再硬也由不得她了。这笔姐姐妹妹自始就搞不清的糊涂账，至终才得以顺利了结。

这么一个大案办得漂亮，没出一点纰漏，工作人员个个记了功。庆功宴上同仁们欣慰地相互敬酒，感叹敌人无论多么善于伪装，还是让他们找出了破绽，大家的力气没有白费，狡猾的“金匪”终于伏法！

台湾十月早晨的秋意稍纵即逝，太阳刚才爬高，河边即刻湿气上蒸，回复酷暑般的高温。缺少树木遮荫的马场町纪念丘前已经热得让人待不住了。

两位陆客始终没有明说此行原委，静候在侧想听故事却只落得汗流浃背的导游小关失去了耐心。他打破沉默道："金奶奶，虽然你们什么都没告诉我，可是只要你们满意我的服务，我的力气就算没有白费啦！"

舜菁懂得人家这是委婉宣告到此为止，活动结束。她举手暗自拭去面上不知何时流下的两行老泪，转脸对小关点头致意道："谢谢你，小关。这件事对我意义重大，可以说让我这个老人死而无憾。谢谢你带我们来这一趟。"

这下轮到小关不好意思了，哈腰摆手道："唉，金奶奶怎么酱子讲？金奶奶你千万别酱子讲！别跟小关我这么客气呀！能载你们来，是我的荣幸啊！"

客人嘴紧，辜负了小关特意起早"加班"，花自己的时间替他们开小灶加景点的美意。光让陪着在土丘前发了一阵子呆，小关什么秘辛也没挖到。即便如此，见多识广的小关只消察言观色，也大概猜出了几分老人此行目的。多话又好奇的小关没有放弃套出隐情的念头，看老人谢他谢得郑重，就乘机献殷勤道："金奶奶，你都不知道我有多高兴自己帮得上你们。不过就像我讲的，这里只是一个纪念碑而已。这次没时间了，你们在台湾如果有白色恐怖时期往生的人想祭拜，可以给我名字，我上网替你们去查查看。很多那时候的往生者，尤其没有亲属认领的外省人，都是埋在信义区一〇一大楼那边再过去的山上。下次你们来，先计划一下，我也可以带你们去那里。"

舜菁微笑着点了点头，道："谢谢你！如果有下次，我们一定告诉你，找你帮忙。"

小关听见客人还是猛打高空，不透露半点内情，不无失望地道："金奶奶，唉呀，我都这样，一直把你们当自己人，你还跟我客气……"

舜菁正色道："小关，不是跟你客气。我从前没想过这辈子会再来台湾。活到这个年纪，别的我不相信，世事难料这个道理，我算是相信了。人生来走一趟，注定要欠谁一份情，想跑也跑不掉。该来麻烦你，我想不麻烦你都办不到的。"

高来高去，小关的好奇心没有得到满足，对两位陆客的马场町之行，他心中还有许多疑团，可是一看时间，目前的首要之务是赶回旅馆和大队会合，想想还有几天可以把人家的故事套出来，小关也就不再啰嗦，学着老人含笑点头，表示受教，一面领着客人向停车场走去了。

风乍起

“铜钿没额，派头笃来兮！”金家六小姐舜蒂人都到家了，还在嗔怪同父共母，几年前从台湾移居香港时仓皇得像逃命一样，连随身衣物都没带周全的嫡亲二姐金舜菁“铜钱没有，架子还挺大”。

舜蒂觉得自己这个姐姐真是不懂怎么当个穷亲戚，刚到的时候，只要亲友问起在台湾有没有听到过其他姐妹的消息，二姐就板起面孔不响，好像哪个犯了她的禁忌一样。这两年变本加厉，越来越不承大姐不计较彼此社经地位悬殊，刻意折节下交的好意，鲜少答应往来不说，姐妹即使难得一聚，也会故意摆出高姿态，要别人处处迁就她。

舜蒂皱着眉头进门踢下脚上高跟鞋，闪过开门后忙着蹲下收鞋的女佣银姐，趿上缎子绣花拖鞋，踢踢踏踏走进客厅，冷面遥对窝在沙发上研究马经的丈夫，刻意提高了声线道：“都晓得笃姐夫[1]顶欢喜热闹。我就讲一声，下次罗汉请观音，哪个真会要她拿钞票？讲公司不好请假，份子凑凑人不会的到——这种言话伊讲得出！”

六姑爷盛庆吾对老婆娘家的是非恍如未闻，连哼一声都省却。结婚十年，夫对妻的多数话题都已不感兴趣，觉得装出倾听的样子也是虚套。

加上他最近情绪不好，更是对谁都懒得搭理。在老家的时候，何曾想过他盛家少爷这辈子会有银钱上的烦恼？当然，他的所谓烦恼并不是过小日子那种柴米油盐之忧。哪怕异乡逃难，庆吾也认为自己“这种人”的烦恼不同于升斗小民。说是眼高手低也成，说是不忘初心也成，反正庆吾当了十几年难民，自觉肉身虽在流亡地坐吃山空，心里却没有一天不惦记以钱滚钱，立志即使非常时期也要壮大家族财富，等到太平返乡，继续当他的人上人。

可惜天不从人愿，和舜蒂成家以后开销大、进账少，庆吾感觉老本越来越薄，最后还从仅存的家族生意里被迫退出，截断了日常现金流上的最后一个活水源头。而且到手的退股

①指大姐夫。

金额并不满意，以后的投资门路也尚无头绪。庆吾烦恼中自我安慰：口袋还没见底，耐心等待，香港市道空前繁荣，发财的机会到处都是，总会轮到自己。

情绪虽然低落，庆吾也不守株待兔，赋闲坐等。他天天打扮整齐出门，约人在茶楼酒肆“谈生意”。酒足饭饱之后安排一点打牌、看戏之类的余兴节目，忙过一日不难。只是人在他乡日久，物换星移，原先的老熟人，同辈移民的移民，长他一辈的逐渐凋零，晚他一辈的“大英子民”还在上学。随时能约出来谈谈的人越来越少，居家无聊的时间越来越多。幸好港岛消遣花样直逼当年上海滩，一个人看盘赌马，也能打发辰光。

男人银钱有出入，老婆不能说他游手好闲。毕竟依照他们社交圈里的不成文法，即使因为国共战火离乡背井，落脚弹丸海岛避祸，除非实在走投无路，否则像他家二姨那样，出去当小职员替人打工，说起来是自食其力的时代女性，却比投靠富亲戚还招人非议。

庆吾不跟老婆同乡，并没有舜蒂和她娘家亲戚那些海派规矩。他从小在省城上学，寒暑假回到乡下庄子上，连战争期间都只在老家山里躲过几天，从来没有离开过广义上的家乡。只是胜利以后的几年他到沪游历，穿戴学足了上海派头，也能说一口还算流利的沪语。上海市民素来排外，可是一九四九年以降，从内地到港的人越来越多。流亡到异乡，大家都成了“外地人”，“上海人”的资格也就被从宽认定。既然说广东话的把不会说粤语的统称为“上海人”，那么讲沪语的也开放给同声同气的都当“自己人”了。

哪怕庆吾平日来往的“上海帮”跟他不见外，老婆舜蒂却常挑剔丈夫沪语说得不地道。庆吾不耐烦在家里老被纠正用语和发音，和妻子讲官话的时候更多一点，只是图方便，难免夹杂些沪、粤语单词；不过也不知道出于什么心理，庆吾在家从来不说自己最擅长的长沙话，更别提老家乡下土话了。

其实除了分处沿海大埠和内陆省城的地域性差别，庆吾的家族在原乡也是富甲一方的望族，翻起老黄历，论财力和实力都不比舜蒂自认显赫的娘家逊色。两个人背景上最大的差别，不过家风各尚土洋中西，夫妻成长环境有别。

从清末起以买卖发家、地产保值、捐官沽名的盛氏，哪怕家大业大，始终自诩“耕读世家”。庆吾的父母亲对儿子灌输传统教育，虽然不至于鼓励躺在榻上抽鸦片，好把儿子永远留在身边，却也一味要他孝顺守成。虽然家族最后还是让子弟都进了洋学堂，从小到大耳提面命，庆吾已经成功被洗脑：他彻底相信只要“修身”（他的理解就是吃喝嫖赌有节制），就能保自己一生富贵、三代无忧。

家里大人向来只防备孩子“学坏”，家庭教育并不要求庆吾忧国忧民，舍身成仁，急公好义，贡献社会。庆吾算聪明，无论好赖事，学什么都很快上手。他性情乖顺，既然家里大人要求凡事不能“沉迷”，他也就做什么都像蜻蜓点水。说白了，盛家对庆吾的旧式大少爷养成教育颇为成功。

读书、就业、学生意，甚至过日子，庆吾做起来都带点玩票性质，连婚都结过好几次。算起来在香港娶舜蒂已是三婚。

庆吾家乡风俗婚龄偏早，男子满十五、女子过十三就论嫁娶。他的第一个妻子是门当户对的娃娃亲，因为时局动乱，娘家怕担责任，提早送了过门，可是还没等到新郎初中毕业行圆房大礼，小新娘在日本人围城期间感染急症，延误医治，一病归西。当时人人都说新娘八字太轻，享不了盛家的福。太平日子一直等不来，庆吾父母顾及自己这一房的香火延续，降格以求，在原乡找了个有宜男之相的小家碧玉填房，庆吾在长沙的高中学业虽因战火时断时续，也要等到寒暑假才能下乡。夫妻聚少离多，感情并不深厚，这个填房媳妇三年后难产而亡，为夫家传宗接代的任务做出了牺牲。这时乡里人又改口说，庆吾八字太重，娶一个走一个，吓得媒人都不敢上门了。

庆吾死了两个老婆，十四年抗战才打完。长大了的庆吾决定暂缓成家，就以深造为由说服父母，让他出门历练。他先到上海去考大学，一试落榜，感觉只有沪上繁华才能抚慰他的失意，其后几年就以学习的名义滞留在沪，再不肯乖乖回去尽延续香火的家族义务了。

一九四九年正月，国共内战胜负已见，共军气势如虹，随时可能挥军南下，席卷全国。此时长江民航停顿，内地陆路交通受阻，盛家大人要庆吾不要冒险回家过年，节前直接从沪到港收账，兼负考察资产转移以避战祸的可能性。哪知他人到香港刚才安顿未久，家乡就变了天，而且很快内外音讯断绝。那些说是将来他有一大份的万亩良田、千万家产也说没就没了。还好他这个少东家已经在香港接上了头，盛家在港一点和农产品有关的零碎生意，以及从战后一直被当成家族生意招待所的连栋唐楼，就认了他当主人。

年纪轻轻，出门意在旅游，顺便见习生意的少爷，一夜之间成了家族企业海外代理人，庆吾难免六神无主。他本来也只是想借个名目，从上海到香港换个地方玩玩，基本对家族在港经营的桐油、大米、生猪批发买卖不感兴趣。匆忙接手，只能一切仰仗原先在港聘请的经理。反正特殊时期的粮食生意难做，国内通路不稳，内地货源断续，哪怕懂行的也只惨淡经营。

庆吾不是有经验的生意人，可是在远东金融中心混了几年，颇有些观望时势、未雨绸缪的基本投资概念。既然挂名老板的家族粮食生意插不上手，他就自己拿些本钱出来试试水。举凡插花入股、私人借贷、股票、房市，方方面面，玩得不大，可是样样沾一沾。只是理财没有不缴学费的，尤其钞票有群聚性，喜欢往多的地方跑。庆吾失去了家乡奥援，感觉手上资金不够雄厚，跟上了赌桌台面筹码有限一样，只能小打小闹，施展不开，常感憋屈。

庆吾在沪上流连忘返的时候，没有好好用功考学，也没有认真学生意，专业白相却也不算白过，歌台舞榭四处乱转很交了些朋友。来到香港，庆吾靠从前在上海滩一起玩的同龄人，打进了本地上海帮的社交圈，最后更因为这层关系，成就了他和上海大龄名媛舜蒂的姻缘。

舜蒂和庆吾一样，属老鼠。庆吾从战后就离家独立，在香港又独当一面，不算没见过世面了，可是他对异性的审美观始于家乡两任亡妻，成于上海滩万丈红尘。虽早下决心要找个“兴趣相投的新女性”白头偕老，在沪港两地择偶还是小心翼翼，深怕自己会把“态度随便”当成“活泼大方”，上了坏女人的当。可是舜蒂的名门出身等于挂了淑女保证，庆吾一见倾心，感觉如此佳人难再得，绝对不能错过。认识后全力追求，花前月下，送花送礼，不惜血本，做足派头。等出游了几次后，才搞清楚看似青春洋溢，叽叽喳喳的舜蒂不是小他一轮，而是跟他同年之鼠，庆吾既吃惊又遗憾，却又感觉已陷情网，难以自拔。生了一天闷气，还是接受了媒人的宽慰：虽然同年，女方生日毕竟还小他的月份嘛。

两人齐届而立，时间紧迫，交往三个月就尘埃落定，舜蒂、庆吾成了一家人。可惜当日郎才女貌的一对，婚后生活却很快趋于平淡。有家归不得，贫富齐落难；和沪上名门结亲并没像媒人保证的那样，让只身在港的庆吾多位娘家给力的贤内助。碰到老婆找麻烦、挑他刺的时候，庆吾简直觉得自己不是娶了个妻，而是请了位老佛爷进门；原先孤身一人偶尔多愁善感一下，异乡的生活压力还是无形的，有个老婆不吝对他提出各种要求，庆吾的压力源就有了具体的形象，让他的逃避有了目标。

像平常一样，庆吾眼睛看着报纸，耳朵还是留了个神，一察觉门口有响动，就已经坐直身子，手也摸向了原先摊在茶几上的报。等到听见舜蒂说话的声音，就不自觉地把报纸拿起向上一举，算是全面阻绝了来人向他搭讪的可能性。

舜蒂可想不到有人拿高一层纸当掩护是不想引起她的注意。她眼中看见丈夫这番做作，眉头立刻拧到了一起。除了新婚伊始，都对婚姻和感情还有指望的头两年，两人曾经相互探索、尝试沟通。盛氏夫妇的相处之道，早已是除非起冲突，否则就彼此爱搭不理。言谈单行道是常态。平日里一个讲另一个没听，本不值得大惊小怪，也不该有哪个会被对方的冷淡激怒才是。

然而这天舜蒂之前已在沦落成工薪阶级的二姐那里，碰过一鼻子灰，加上家中那人明明晓得她看似对空气发言的姿态，其实是变相跟他打招呼。老婆大人如此纡尊降贵，丈夫却故意举报遮脸，是不可气孰可气？

一个下午连番遭受两个自己看不上眼的人冷落，舜蒂心情大败。本待抬腿走人，却又觉得轻飘飘拂袖而去不能明志。

就在进卧室之前将房门重重一摔，动静大到把刚退进厨房里的佣人吓得再度出厅。

白衣黑裤的银姐站在厨房门口探头探脑，却只见坐在沙发上的男主人一动未动，只是略略抬头对着太太的去向翻了个白眼，嘴皮轻轻蠕动。银姐读唇解码，认为先生说的是："痴性[①]！"就嘴角含住一抹若有若无的笑意，无声地缩回了厨房。

银姐是钟点工，平日里早晨来、下午回，特殊情况可应主人之请加钟。钟点工很少穿制服，可是这家人讲究，严肃地当成招工的首要条件。

前几年街市上常见到白衣黑裤，梳着大松辫的顺德妈姐，现在也都渐渐到达退休年龄层，纷纷住进姑婆屋等待终老。与大陆脐带相连的殖民地拜战后中国政局变化之赐，接收了内地流出的人才和资金。上世纪六七十年代，港都经济起飞，中产阶级兴起，家务工人越来越抢手。当时菲律宾仗着美援，是亚洲富裕国家，汉语里还没有菲佣、外劳一类的词汇，香港俚语也没有"宾妹""宾宾"这种对过埠劳工带有贬义的称呼。

本地家务工供不应求，计时工人随着中产阶级扩大逐渐兴起。劳方多劳多得，资方也省下食宿开销。钟点工人很多

①意为神经。

赶场打下家，嫌换穿制服划分阶级、贬损身份、浪费时间还妨碍赚钱。难得银姐不但是熟练家务工，而且表明只在乎工时固定,不事先讲好不能临时要求加班。穿制服反而不是问题。银姐一生穿惯白衣黑裤，对制服暗示的身份认同无感，反而觉得主人家提供工作服，省下了自家衣物的消耗。她主要钟意这家人口简单，就两夫妻和两只猫。见工双方感觉合适，当天就走马上任。

银姐十四岁父母双亡后离开家乡，投靠替人帮佣的亲戚，梳起辫子当了女佣。家务工环境单纯，又有年长亲戚同工照应，她一辈子生活圈子窄，舌头也笨，广州话听人说起来自然，自己却始终讲得“麻麻”，哪怕来港前跟着老主人一家满中国乱跑，都算是走过南闯过北，连火车轮船都坐了，偏偏乡音三十年难改。心思简单昭华易逝，她在这家“上海人”家里也转眼一年，和东家语言半通不通，从来没聊过闲天，对这对早已分房的中年夫妇所知有限。替他们喂那两只尊贵的暹罗猫时，却常遐想，感觉这么好看的两个人没有生下一男半女，有点为他们可惜。

“咪咪食着没？”很少和她讲话的女主人偶尔也会回应她“太太返来啦”的招呼语，不过也就问问“猫喂了吗”。

猫娇贵，天天吃鱼茸拌饭，主人夫妻倒很少在家吃，即使在家，吃得也很简单。太太教会银姐一道上海菜，黄花鱼红烧肉。对银姐的广东鼻子而言，腌渍在瓶子里的黄花鱼连闻起来都咸得要人命。这样一道不甚讲究的菜烧一次以后，端进端出，两夫妇就着泡饭可以吃上好多顿。穿着制服的银姐多半时间还都花在猫身上，每天煮了鲜鱼之后剔刺，跟从前那家，闲下来工人们要挑拣燕窝里的杂质一样，是细活。

“人食咸鱼，猫食蒸鱼……”银姐每天下工前要清理猫砂带出去。她手上忙着，心里暗自讪笑这家人不懂得吃鱼。

像皇族一样被人伺候着的两只猫，名字倒很普通，就叫大咪、小咪，表示复数的时候统称为“咪咪”。

咪咪跟人不亲，很少像一般家猫那样在人脚边磨蹭，反而常像丛林里的豹子一样，盘踞在橱柜顶一类的制高点上，看似懒洋洋不动声色，可是只要屋里一有动静，哪怕只是飞进来一只小虫，绿宝石一样的眼睛就凌厉地扫过去。

它们细眯着眼睛盯住已经走到门口的银姐。银姐一面开门，一面说：“老爷，走啦！”又提高嗓门，对着内屋高喊：“太太，走啦！”

主人早上就告诉过她今天不在家吃晚饭，可是太太回家关进屋里以后没再出来，银姐感觉夫妻俩好像没做出门的准备。不过这些都不关她的事，多问只有多麻烦，就如常提着猫砂出门倾倒，准点去赶小巴。

舜蒂在自己房里开着窗户抽烟。她站在长窗前，左手横过腰际托着另手的肘，举在腮边的右手翘着兰花指，单用大、食、中三指捏着长长的象牙烟嘴，说是吸烟，更像是擎着一炷香。烟快烧尽了，一点红星上飘着几缕白烟。

背山而建的小洋楼基地不大，后院只有挡土墙，小小前院也就百来英尺，所幸建在山坡上，向街的房间都有景观窗，望出去视野尚佳。窗前的舜蒂眼神放空，焦点不知聚于何处。穿着便装走下斜坡的银姐，脚步匆匆，瞬间把静止的街景变成了动画，也没让舜蒂回神。

如果银姐这时回头仰望，会看见换穿了紫色织锦睡袍的东家太太，像张照片一样地钉在白色的窗框里。

刚搬进这屋的时候，舜蒂就喜欢站在窗口远眺。庆吾有时会从背后揽住还算新婚的妻子，与她耳鬓厮磨。那个时候从这窗望出去，看得到的可不只有一条下坡路和山脚下几栋正在大兴土木的高楼。那时在这小楼的窗前极目还能远眺，入眼的尽是青坡绿树、高天远云。早上迎晨曦，傍晚送彩霞，晚上还有万家灯火。

“位在半山”“独栋有景”的小洋楼，当初全赖女主人对丈夫软磨硬求才成事。这样一处产业自然够不上舜蒂心里的婚房等级，房子地段虽好，却不够大，优点主要只是离大姐家不远。在殖民地，真正的“山顶豪宅”当时对华人买家而言还是可望不可即的年代,这个地点得列“可以住”的房子了。

“还可以。”被舜蒂当成娘家的陆家里这么说。

拍板决定之前，舜蒂请大姐和姐夫来帮眼。妹妹们喊“笃阿姐”的金兰熹眉眼似颦非颦，嘴角似笑非笑，淡然道:“两个人嘛，还可以住！”舜蒂听见，这才放下心头一块大石，感觉难中在香港草草张罗的这个家算得到了娘家认证，稍微弥补了自己耽误到三十岁才结婚的委屈。

“你阿姐啥事体都‘还可以’，你姐夫一日到夜讲‘闲话一句’！”后来夫妻几次为了这个房产上的错误投资决定起龃龉，平时不响的庆吾也会反击:“晓得否？在我们那里，可以就是差劲，闲话就是废话！”

舜蒂对空翻个白眼，心里暗骂鸟肚鸡肠、沪语发音不正的丈夫：乡下人！

她后来当然也后悔，当初应该留着唐楼:地点好，基地大。

老土房子虽不好住，倒也不需要忍耐多久，整条街就成了精华区中的精华。改建大楼以后,他们晋身中环商厦的包租公婆，每个月坐收丰厚进账，哪怕不回家乡也永世不愁。

可是人生在世，如果天天只想着以后的日子怎么过，那今朝还过不过了？夫妻吵架的时候，舜蒂会把这些道理一遍遍拿出来讲。除了说服丈夫，也是安慰自己。她警告丈夫，一个真正的上海人，绝对不会拿离乡背井当借口就窝囊度日。人生凡事将就，那亲戚朋友还要不要来往？体面还要不要维持？结了婚他们就是一家人了，她要搬家不也都是为了替她嫁的人家做面子？

“你以为自己蛮有学问嚎？”庆吾嗤之以鼻,不屑地道,“今朝有酒今朝醉一句老言话，被你讲成了啥么大道理一样！”

按照舜蒂一向的脾气，听见人家讲话口气稍有不逊，当场就要抢白。不知道是年纪大了，涵养渐长，还是已为人妇日久，对“人老珠黄”这个成语有了更深刻的认识，虽然还是把不高兴秒摆上脸，表示已被得罪，几句伤人的刻薄话也能及时硬吞回去了。

现在只无声叨念的“乡下人”一词，本来是以前和庆吾吵架,舜蒂不假思索脱口而出的开场白。这句是她男人的死穴，她晓得只要一喊出来，对手立马崩溃，好用得很。可是必杀技使多了，回回得手，一张口就将军，鹿死谁手一点悬疑都没有，让她感到胜之不武。

而且庆吾的反应今昔有别，以前言语交锋，她轻描淡写几句，能激得平时不大响的男人吱吱跳，连从来不在人面前说的家乡土话都逼得出来。可是慢慢地，不堪一击的对手改变了策略，从一言不发到愤然离开现场，最后还玩儿失踪。这一切在舜蒂这个胜利者的眼里，虽然只是讲不过了就跑的败相，独守空房却不是她所追求的战果。

尤其可恨的是，常常让老婆窒得无话可回的男人事后已然不再涎脸求和，只用拖延时间来淡化争端。夫妻之间的小日子，也就居然在大大小小的冲突后，一次次自动自发地回归轨道，如他所愿！

舜蒂岂能吃这个闷亏？居家日子细水长流，她就不依不饶，一方面拉长冷战战线，一方面逮到机会就翻开旧账，重燃战火，争取在每次的口舌之争中保住上风。结婚七年后的某日，两人又为家庭琐事产生歧见，丈夫再度未待言语分出胜负就拍屁股走人，舜蒂愤而找来锁匠在主卧房门上加装暗锁，晚上不得其门而入的庆吾那次没有大吵大闹，只站在门口冷笑了两声，从此搬到顶层阁楼的客人房独眠。

两人成了同屋不同房的室友，各自上下楼梯关起房门就能停止交集。孤掌难鸣，热吵的机会明显降低，冷战也不彰显，家瑞安静许多，可是这并不代表舜蒂少生丈夫的气了。

“伊气我呀！”舜蒂常常拉着姐姐诉苦，“阴阳怪气比吵相骂还触气！”

“侬自家作天作地！”姐姐反而怪妹妹喜欢找麻烦，还劝她消停些，“居家过日子，总归要太平点——”

“笃阿姐，”舜蒂打断大姐，撒娇地说，“侬妹妹嫁得差！”

“十三点！老夫老妻了有意思否？”姐姐蹙眉轻斥，假装不懂妹妹只是貌似开玩笑，实则吐心声。她偏头想了想，淡然补上一句：“现在讲嫁得差，忒晏啦！”

是呀，太迟了！姻缘一误再误，等到逃难他乡，摽梅早过。草率下嫁，转眼人到中年，宝贵的青春已经蹉跎殆尽，嫁得不好也无法重来啦。

“就这样老了吗？”舜蒂追悔着失去的青春。现在除了这个有名无实的婚姻，她还有什么？没有爱人、没有孩子，甚至没有她所希望的足够的钱。余生只是困在英国人当家的岛上，坐等衰亡？

几年前亲友相聚，大家还都相互打气：“等回去以后就好了。”也不晓得从什么时候开始，身边不再听人提起这个话头。舜蒂想：亲友圈内人人已经都当他乡是故乡，那么外面世界的人呢？大家都不再想回家了吗？

日复一日，年复一年，即使昔日已远，上海人积习使然，只要温饱不是问题，那么社交就必须继续。当年沪上欧美租界，今日港岛女王领土，哪怕阵地转移，人和人只要通得了声气，攀得上关系，旧友牵新知，自然成帮，时相酬酢。有钱就跑“波”(ballroom)，舞厅炫耀行头，小资就亲友宴会餐聚，正式的、家常的，派对不能停。在舜蒂的生活圈子里，社交就是存在感，如果某人不再收到邀请，等于从人间除名。

大人打牌吃酒，边上为下一代另开的“小人桌”越坐越壮大，和父母一起离开家乡的已经长成青少年，在香港出生的也从襁褓到幼童，年轻一代相互之间用粤语交流，讲沪语的大人渐渐两鬓飞霜，随着岁月更替，从中壮步入初老。

欢庆五十大寿的金家大姐夫陆永棠，百无禁忌地对亲友夸耀自己高瞻远瞩，先前购入的大片墓地，短时间翻倍：“吾才买了多少辰光？现在坟地价钱不要太大啊！”

无论置身何时何地，他们这个圈子都无条件地崇拜经济角力场上的胜利者。可是一片赞叹声中，也有人半真半假地表达“不开心”，用酸溜溜的语气，既奉承又抱怨地说：自己闷声发大财，不找亲友一起来投资，难道还怕肥水落入外人田？

“寻侬？侬不要骂吾不讨彩头啊！”陆永棠哈哈大笑。生意人有钱赚，不在乎吉利与否，何况永棠真心认为返乡无期，反正资本额不高，买了丢着，最坏还能自用：“吾买给自家的，吾屋里厢子女多，太太姊妹亲戚也多——”

“人来疯！”兰熹声音不高却字字清晰地骂了一句，精准地打断了丈夫的口没遮拦。

“笃姐夫是孙悟空，我阿姐就是阿弥陀佛，伊跑不出伊的五指山。”通常宴会之后的二十四小时之内都是回味时间，舜蒂到家换了衣裳又步出房间找丈夫说话。其实夫妻话不投机，要不是有正经事想谈，舜蒂已经很少把丈夫当成谈话对象了。

庆吾轻轻溜她一眼，带着一丝不耐打断舜蒂的开场白：“有事题？讲！”

从前两人出去打完十六圈麻将，回家可以开几小时的追悼会，也不知道从何时开始，庆吾真怕妻子开口。相处经验让他觉得，这个女人讲什么都可能是个陷阱，例如，她也许是故意错讲“阿弥陀佛”，等他出言纠正，她好借题发挥，找他吵架。

“现在房子价钿是勿得了啦，今朝听笃姐夫讲了否？伊讲坟地还是可以买的。”如果不是家庭经济的题目需要共同磋商，舜蒂还真不想好声好气了。她小心地探着丈夫口气：“本钱倒是不大，就是有点触霉头。”

庆吾闻言半天不响，舜蒂被冷落到火气都来了，他却又开口道：“啥霉头？你姐夫有钱赚，面子不是不要紧了！”

这话舜蒂只觉不顺耳，完全没想到丈夫费时长考，是认真思考她提案的表现，回答的重点更在第一个反问句，意为：“何来不吉利的顾虑。”“姐夫面子”云云都是可以忽略的语助词。

舜蒂把嘴一撇，立刻偏离主题，出言讥诮：“哎哟，侬有啥要紧面子啦？”

庆吾一见舜蒂撇嘴，知道要吵，赶紧先发制人，大叹一声，以盖过舜蒂的高声道：“唉——连他这样的人也晓得我们要死在此地了吧！”

舜蒂啐一大口：“嚯！要死侬自家死——”

未待她说完整句恶言，丈夫快闪，行动如风地从起居间瞬间消失。

“咚咚咚咚——”，舜蒂清楚听见男人一路小跑上到顶楼客房的脚步声。

不忿独留空室，舜蒂呆立数秒后怒极追出，几步就抢到楼梯间。可就这一会儿工夫，乌木阶梯已经随着关门声重归沉寂。原先不知躲在哪儿的两只咪咪被惊动，一先一后跃上楼梯扶手，又双双倏地僵化不动，冷眼扫过人世纷争。

先机一失，舜蒂的满腔怒火忽然化作无名伤悲。她一反常态，没有对空望门破口大骂，反而垂下眼皮，默默叹了口气，放轻步子走回自己屋里，颓然坐在床沿。一眼看见床头柜上，银姐下工前替她摆上的开水和药，就拿起来吃了。她刚满四十就有早发更年期的症状，医生问她还想不想尝试要孩子？不要的话让她吃维他命，还想试试，就吃有副作用的荷尔蒙药剂。舜蒂选择吃药，可是她跟丈夫连话都不能坐下好好讲了。这张大床上另一边的床单平整，如果不换花样，枕头套永远只需要换洗一只。

舜蒂拉过那只很久没有人用过的枕头抱在怀中，低下头无声啜泣，渐至埋首枕中，放肆大哭，不能自已。

都说舜蒂不爱哭。金家七姊妹，家里上下公认老六舜蒂除了话多这点不一样，长相、性子各方面都像大姐兰熹。尤其脾气，她们都是目标明确，勇于实践，想到就做的“度尔[1]”。如果出生时代男女平权，追求好姻缘不是女人的最佳出路，有她们姊妹那份心思和毅力，足够可以参加革命、改革社会了。

当时去古未远，中国社会对女人的要求，基本不出三从四德。别具慧眼，有不同审美观的男同胞是凤毛麟角。在国外长大的大姐夫陆永棠就是难得的典范。他对异性除了外貌，还懂欣赏头脑和个性，起码表面上看起来，从不排斥女性的自我意志和追求。

永棠中文虽然流利，受到生长环境影响，汉语也有词穷之时，微妙处表达要以英语辅助。他曾几度指着姊妹俩说：“侬金家的小姐都是 go-getters[2]。”

兰熹怀疑丈夫说这话不是恭维，不开心地跟妹妹抱怨：“你姐夫臭美，他老以为从前我多想嫁给他！”

舜蒂听说却只一哂，感觉这笔陈年旧账是姐姐多心。兰熹瞒小五岁才觅得如意郎君在娘家不是秘密，婚后丈夫晓不晓得老婆的真实年龄，从来没人敢向男方求证，难说永棠会知道自己比妻子年轻好几岁。

---

① doer，实干家。

②能干人，野心家。

而且年龄根本不是重点！舜蒂归结自身经验，深信男女之间“一个巴掌拍不响”，妹有意绝对不够。无论大姐夫永棠“go-getters”的评论有没有讥讽她们姊妹“为达目的不择手段”的意思，只要郎无情，女的哪怕豁出性命，追到天涯海角，还是要落个“水底捞月”一场空！这是她一生追爱，摔了大筋斗之后的总结。

舜蒂的两性教育由带大她的奶妈启蒙，奶妈带着小舜蒂听绍兴戏，告诉她“男想女，隔层山，女想男，隔层纱”。戏文里的感情多数顺理成章，都是才子佳人，因果有报，比许多舜蒂长大后才看过的外国小说欢愉圆满。读洋学堂的少女，早已不和落伍的奶妈亲近了，却不晓得自己从五岁起就在等待她的状元郎，为她赢来凤冠霞帔，一如地球另一端的女孩，终身等待白马王子，献上那个打破一切诅咒的真情之吻。

太平洋战争爆发之前的寒假过后，学校开学未久，还没收心的高一生舜蒂正在扳着手指盘算离暑假还有几天。洋修女校长忽然召集全体师生操场集合，哽咽宣布永久停课。回家路上舜蒂有点高兴，说这下不必等就放假了。读同校，长她两岁的五姐舜菲，却为学校关门拿不到文凭，回去躲在房里哭了几天。

地处法租界的金府占地甚广，从这边马路通到那边弄堂，整个街角都是他家。金八爷为姨太太修的院子也自面街，另立门户，可是共一个花园。两边佣人、孩子穿堂走户，好不自由。外观西式的花园洋房蕴含四合院精神，内里还是个热闹的中国大家庭。当家人就是舜蒂妈妈，金八奶奶。

八奶奶这个当家人不容易，家大业大、内外兼顾，嫁进金家养了四女一男巩固地位不说，应酬打麻将更是不能稍停的生活必须。妈妈忙，儿女的家庭教育只抓大方向，细节交付老妈子和各人天命。像五丫头舜菲那样爱伤心的，关起门哭几天没人拦着，像六媛舜蒂那样爱美贪玩的，失了学校修女管束，没几天就烫卷了头发，抹上唇膏，穿上跳舞裙子，成了 party queen。

恶邻入侵，日寇残暴，天地不仁，家国受难。上海租界虽然民生不能自外于局势动荡，机关衙门升起的还是欧美列强旗，一时之间得免日军摧残。

随着抗日战事吃紧，到租界避祸的外地人越来越多，本地人如果善经营，因缘际会还大发国难财，活得比战前更加滋润。殖民地上的居民一向华洋有别，贫富悬殊，宗教政治各有所宗。在租界避祸的前朝遗老，三十年后讲起共和国还是“乱党”，遥奉溥仪是皇帝，相信“满洲国”的老糊涂不在少数。

遗老们的后代生于租界长于租界，上外国人办的学校，接受殖民教育，对“市民”身份认同先于“国民”，不可取却并不奇怪；起码比台湾光复七十年后还有头脑不清的追怀殖民帝国不让人费解。当然租界居民反抗日本侵略，有强烈爱国心的人更多，只是像舜蒂一帮，学校既然停课，天天都是假期，呼朋引伴，学着大人跳舞打牌，勤于跑“趴”（party），不知今夕何夕的也大有人在。

“哪能哪里都碰到侬啊？”舜蒂在舞池里玩换舞伴，一转身被个高大的帅哥揽住，脸上就笑开了花。

舞林高手双手一举一放，把女伴滴溜溜转个圈，换手回拖时揽得更紧了一点。踩着拍子，年轻男人顺势弯腰低头，凑近舜蒂耳边轻笑道：“巧吧？”

他叫程子杰，祖父母家就在金府同条马路上，跟舜蒂二姐同年兼同窗，小时候常常在金家串门玩耍，上下都混得很熟。后来子杰跟着游宦的父亲去北方读完中学，因为时局以及代亲侍奉祖父母的缘故，回上海考大学。南北迁徙耽误了学业，二十二岁了大学还没毕业。前几年舜蒂二姐舜菁逃婚离家，同学们被怀疑帮凶助恶，金八奶奶再不许老二的昔日同学上门，旧友星散。子杰当时人不在上海，没列入相关的黑名单，回来之后还是金家亲故的往来户。以前舜蒂只在正式的喜宴、寿宴里看到他陪着祖父母出席，最近却常见子杰出现在他们这帮纨绔子弟吃喝玩乐的场合里。

“你二姐有消息吗？”子杰问舜蒂。

舜蒂做个怪相，表示不知道。社交圈里传说金家二媛离家出走后加入了共产党，她的名字，大家心照不宣，没人愿意提起。家里姊妹多，舜蒂跟大了四五岁，中间还隔着几个姊妹的二姐也不亲近，一点消息都没听说过。

舜蒂另起话头，关心地问：“你学校也停课吗？从前你都不跟我们玩。”

“你五姐呢？”子杰把舞伴又转一个圈，闲闲再问。舜蒂的五姐舜菲，前不久跟个外地人订亲之后跟未婚夫去了重庆，打算复学。“她考上哪个学校？”

“你老问我姐姐做啥？”舜蒂不开心了，借着舞步飙开一撒手，正要换个舞伴，子杰脚下滑一大步，伸手作梗，把她抢回身边。

“跑啥？不要跑，跟着我就好了。”子杰开玩笑，“没发觉今朝这里其他人都配不上六小姐吗？”

舜蒂瞟一眼子杰俊美的脸庞，看见他弯弯像月亮的眼睛带着调侃的意味笑望自己。她勇敢地直视对方眼眸，大胆响应道：“发觉啦，发觉就你配得上呀。”

子杰猛不丁被回吃一记豆腐，惊觉小女孩长大了。他感觉自己脸上的微笑因为嘲弄而加深，却不懂手心为什么忽然对握了许久的柔软腰身有感起来。

子杰扶着舜蒂纤腰的手掌温度逐渐上升，眼睛落在舞伴丰满的红唇上也再挪不开。望着眼前微微开启，似嗔似笑，涂满艳丽唇膏的两片嘴唇，子杰喉结一动，吞了一口不存在的口水。他在心中惊疑自问：这还是以前那个大嘴小丫头吗？

一曲既终，音乐暂停，舞池里的双双对对轻轻拍掌，优雅散伙。子杰没放手，舜蒂挑挑眉，斜睨舞伴，看见子杰不笑的眼睛从弯月变成了满月，亮得让舜蒂想都没想就陪他立定在原地了。

舞曲再度响起，快步华尔兹换成了慢蓝调。子杰感觉掌中少女的细腰跟着节拍，像水蛇般蠕动起来。他搂着那恍若无骨的腰肢，明明什么都没想却心乱如麻。低沉的贝司渐渐和心跳形成共鸣。他们不再如同刚才那样你来我往地想招斗嘴，专心共舞的两人之间只剩下呢喃情话一样的音乐流淌。子杰无意识地在每一个带转的进步，向舞伴的脸颊再贴近了一公分。

次日早上醒来，子杰洗了把脸，整个人回过神，这才想起舞会近尾声时，在幽暗无人角落发生之事。第一时间他脑中闪过的不是终于亲吻到诱惑了他整晚的红唇有多甜蜜，反而是“要死啦”！

如果对方身份不同，子杰“闯祸”之后的第一选择应该是“消失”。可是作为一个男子汉，面对的不是交际花，是情同自己妹妹的淑女，他不能没有担当。懊恼不已的子杰拖延了数日，最后还是像个绅士一样地勇敢面对，亲自登门拜访。

佣人都延请他到客厅等候了，子杰还怀抱希望，幻想高高在上的金六小姐会因为感觉受到轻慢，见面扇他一耳刮子报复舞会当日的冒犯，那他就会抚着发烫的脸颊，低头惭愧离去，然后从此两清，一切回到原点。

奈何天未从人愿。小姑娘看见早该出现，却姗姗来迟的伊人，不但没打没骂，还没隐瞒相思之苦。最让子杰难以招架的是，笑盈盈出迎的美少女毫无避忌地一把挽住他，完全不想自己的酥胸这就似有似无地碰触到了年轻男子的臂膀。只听她爱娇地道："子杰哥哥，今天才来！你不晓得人家会得想你啊？等下跟我们一起去看电影，三姐不去，我们有多的票子！"

大伙人一起出游的问题是：散会的时候总要面临落单；男女关系发展的问题是：一旦亲密流程启动就难以回头。

子杰自从和舜蒂玩在一起之后，养成了每晚临睡前自省的习惯，他在心里把每一个和舜蒂单独相处的细节都梳理到，要不是存心找茬，简直有点回味无穷的意思了。最后他做个累进统计：第二次到第四次接吻，都是十七岁的舜蒂主动亲了他。

刻意剔除生理上"无法抵挡年轻女性魅力"，以及心理上"确实蛮喜欢活泼小丫头"的两个重要因素，子杰觉得自己跟同学妹妹还没开始正式约会，就成了朋友圈里公开的一对可说是迫于形势。这要怪只能怪他们的社交圈重叠性太高。很快竟连长辈也都知道了"小两口"的事情。这天一个跟两边家庭都有交情的亲友过访程府，竟然当着他祖父的面问子杰："听讲金家六媛是你未婚妻呀？"

子杰忙不迭地否认，心里的 OS 从最早那个"要死！"瞬间成了“吾哪能跑脱呐？”。

子杰去大后方的决定却不是临时起意。最起码，他从没想用“离开上海”来当成摆脱感情纠缠的办法。他告诉自己：该来的总是要来，该说的总是要说。

“本来几个月前就要跑，”子杰对交往了三个月的女朋友再三强调，一切都是既定的团体行动，“大家一起上路可以互相照顾。不过人多事也多，弄得等来等去的。现在不等了。几个人要快点的，决定先走一步。我早就跟在西南联大的高中同学约了去考飞行员。”

舜蒂对子杰的重大宣布从震惊到表示疑问重重。子杰却跳过女友那些“怎么今朝才讲出来”“你跑了我哪能办”“啥辰光回来”的无聊提问，直接进入国际情势分析。

子杰严肃地告诉舜蒂：虽然战果惨烈，开战以来中国一直屈居下风，其实敌人也已陷入泥沼，日本侵略初期打的算盘，想速战速决的战略完全失灵。战争的残酷、国际的现实，终于让从“九一八事变”以来中国孤军抗日的局面改变，以美国为首的欧美国家跟日本关系逐渐恶化，一旦日本跟同盟国正式决裂，上海租界立刻不保，这里像窗户纸一样单薄的表面太平就要捅破了。

“仗要打到自家门口了，到那辰光谁能像现在这样，过日子的过日子，白相的白相？覆巢之下无完卵，你晓得的吧？”子杰慷慨激昂，握紧拳头，晓以大义。谈完天下大势，开始自我表态。他愤声对舜蒂道：“自己人不争气，小日本才敢欺负我们！中国一定要有人不怕死！我就不怕！我们的空军不灵，我要当飞行员，把小日本飞机打下来！”

一时是星星、一时是月亮的好看眼睛瞪成了铜铃，一时扶在腰际、一时摸上脸庞的温柔双手激动成了指挥棒，男人热情的叙述完全无涉情爱，个人的未来甚至充满死亡威胁。可是这都没吓退情窦初开的小姑娘。舜蒂痴痴傻傻,眼神迷蒙，心中爱意澎湃得比那天晚上献出初吻时还汹涌。

原先子杰让舜蒂着迷的，不过是本色的英俊风趣。像植物到了春天，动物到了求偶期，男孩女孩长大了，对异性有心思了，“知好色”而“慕少艾”，再加上舜蒂本身个性大胆，顺理成章引出好奇挂帅的定情热吻。这之后感情迅速发展，舜蒂意欲委以终身，就要加上子杰的客观条件，让金六小姐一下就认定是个值得拿下的夫婿候选人。

舜蒂很满意自己挑的人，更满意他们的婚前交往形式。相比封建时期的盲婚哑嫁，和同代女同胞的被动，绝对高了不止一个台阶。既符合老妈子讲给小舜蒂听的才子佳人故事，也不悖洋教师要小朋友读的公主王子童话。可是男主角忽然宣告抽身，让少女美梦幻灭，好事眼看破局。舜蒂再有手段，再祈求圆满，下一步也只能痛骂负心，毅然决裂。

金家七仙女中公认最泼辣敢言的舜蒂，呆望着来摊牌的男人，心中感受到前所未曾经历的委屈，口里却吐不出恶声。

爱国青年程子杰自顾自抒发完各种没有大我岂有小我的高见之后，情绪逐渐平复。这才注意到舜蒂沉默未语，没有抗辩。他卸下心中块垒，又喜见小女友的反应竟是乖巧听话，身心立即放松，恢复略带轻薄的调皮本性，半真半假地吐露心声：“蒂蒂啊，你那么年轻漂亮，嫁给飞行员要当寡妇的，我哪能舍得？”

舜蒂虽是初尝恋爱滋味却也不傻，闻言心里一酸，心知肚明男人嘴里说舍不得，终究是来分手的。

可是理该被她大骂无赖的子杰在这一刻，除了好看的外表、匹配的家世，又多出了一种舜蒂不解的魅力，牵绊住她，让她失去理智，脱不了身。刚才那个夸夸其谈、置生死于度外的英雄，眼里显然看不见女人的纤腰和红唇，也明言心中只有天下和苍生。就在那几分钟之内，一些“不知何物”的神秘元素加入了她的求偶方程式，启动少女大脑内部复杂变化。舜蒂被绍兴戏启蒙的爱情，瞬间上升到“直教生死相许”。

舜蒂抛却淑女矜持，转身紧紧抱住子杰腰身，把脸埋进他的胸膛。子杰心中一动，顺势低头吻了她的头发，胡乱道：“如果不打仗……真的欢喜你……你那么年轻，不能让你当寡妇……”

“如果我二十岁的生日你不来，我会去寻你。”舜蒂忍悲打断情郎。胸口心脏的位置扎扎实实地绞痛了起来。子杰未置可否。谁晓得到那时候，他这个人还在不在人世间?

子杰离开上海没有多久，日本就偷袭了珍珠港。两天后，十二月九日，大批日军开进租界，英国领事馆当天降下了从一八四五年起就飘扬在上海滩上的米字旗。在租界昂首阔步了近百年的欧美白人，只剩下德意志人还挺着腰杆，其他的和华人一起成了丧家之犬。

上海全面沦陷，青年学生不愿意接受日本统治，不顾管制森严，冒险流亡大后方的更多了。舜蒂没有一天忘记三年之约，好不容易熬过了十九岁生日，更加思念远方那人。正在她为相思所苦到达高峰时，听说熟人圈里有人要去大后方，无须细想她就决定了。她以去后方升学为名，年纪相仿的四男三女组队结伴，踏上征途。

他们一行七人，平均年龄二十岁，相互之间的关系叙起来盘根错节、个个沾亲带故。虽然明知前途险阻，但是年轻气盛，有伴胆壮，出发头几天兴致高得像郊游一样。直到在队友杭州亲戚家里等了十天，还找不到机会渡过钱塘江，如愿离开江这边的沦陷区到达对岸的国统区，一伙人才发现旅途远比预料的困难。

“日本人看得很紧，昨天夜里有条带学生的船，被日本人一阵扫射，翻到江里连尸首都找不到。”出去雇船的队友带回坏消息，“加钱也没有船肯带人过去。”

队伍里的四个男孩都要去内地升学，三个女生除了学业，更主要的动机是为爱走千里。除了舜蒂有点妾身未明，对外说到重庆去投靠五姐、五姐夫，另外两个女孩都有订过亲的未婚夫在四川等她们。

哪怕士气受了打击，几个年轻人商量以后，不甘心到了这里白等那么多天，一致决议，无论多危险，都要把既定的路线继续下去。

“大家都说不能调头回去！过得去就过，过不去就死！”舜蒂跟子杰重逢后，讲起长达五个月流亡的痛苦和惊险，余悸犹存。

她和同伴在杭州一带就滞留了近二十天。好不容易才雇到一条不起眼的小船，趁夜冒险私渡。船到桐庐后他们改走陆路。小地方交通不便，管你在上海是小姐还是少爷，到了乡下都只能靠自己的两条腿。同伴个个都磨破了脚再磨破鞋，苦难逼出潜能，赶路的时候，金六小姐舜蒂曾经一天步行上百华里。

一路跋山涉水，到了广东以后有火车搭了，可是班次有限，不但挤得水泄不通，还时走时停，何时停靠哪站竟没一个准。从广东韶关到广西桂林，他们在臭气熏天的车厢里挤了好几天，吃喝拉撒睡都在座上，内急要靠同伴遮掩解手。所幸到广西后，公路交通相较顺畅，车子能到的点多，车和旅客也多，舜蒂一停下来就打听有没有人去昆明。

“晓得你早毕业了。我就想，到昆明寻空军官校不难，那里一定有人晓得你在哪里。假如我跟他们跑去四川，就没办法寻到你了。”艰巨的旅程让骄纵的少女成长。在大后方的茫茫人海中，竟然如此顺利找到自己的心上人，舜蒂从上帝谢到菩萨，感觉人生苦难已成过去。她想子杰一定也会为自己没去重庆找五姐，直接来到昆明的明智决定感到高兴。

“难为你了。”重逢后比两年前沉默的子杰，用一句话替舜蒂近半年的流亡大冒险加了个平淡的脚注。

昆明市内旅馆紧张，子杰把舜蒂安顿在一个透过熟人介绍，类似女子宿舍的短租民宅里。这里有通铺大间，也有放了上下铺位的二人、四人房，厨浴公用，寝区还挂了块“男宾止步”的小牌子，是个简单干净的正经地方。刚好有个二人房下铺空出来给舜蒂，算是先替她解决了住宿问题。

“好好休息几天。等我休假了带你到处转转，滇池那边风景还是可以的。”子杰出现当日陪了舜蒂一整天：帮她接洽住所，听她说话，带她采买日用品，连躲空袭时往哪跑的路线都领她走了一遍。虽然远不如舜蒂期盼的热情洋溢，态度却很成熟负责。道别的时候，人都走到门口了，又回头郑重叮嘱道：“我假设有事了，来不了，会要别人来跟你讲一声的。”

子杰走了两天，舜蒂就开始心慌。这宿舍也就板子隔开的几间房，看起来三十出头的女房东带着个三四岁的女儿住一个单间，其他十几个房客也都是年轻女人。早晨用上干净水刷牙洗脸，晚上在没有臭虫的床上睡了安稳觉，旅途上的可怕记忆逐渐散去，舜蒂上海小姐回魂。可即使她端着城里人的架子，不怎么跟那些南腔北调的邻居说话，隔壁凄厉的哭声还是声声震耳。

好奇心让舜蒂放下身段跟同房搭起讪，这才听说这里的女人都是千里跋涉到大后方来寻夫的现代孟姜女。她们冒险犯难，为爱走天涯，却未必盼来圆满结局。像房东大姐虽是云南本地人，也是从娘家腾冲携女寻夫才来到昆明，可是丈夫在妻小来之前的一次大轰炸后“失踪”，没有见尸她不信丈夫遭难，只担心丈夫回来找不到娘俩，就守住丈夫店铺原址，改经营起专收外地女客的短期宿舍。这里住了几个女人就有几个战争时期的爱情故事。这两天不绝于耳的哭声，来自南京小姐赵丽琴，她历经千辛万苦找到未婚夫，却被对方要求解除婚约，在那里自伤飘零。

“重庆那边这样的更多，有来找丈夫的，也有来找未婚夫的。”同房的很幸运，已经联系上跟着工作单位迁移到后方的丈夫，可是一时半会两口子没办法团聚，暂时住在这里，“房子借到就搬。都说我们这间房风水好，住进来的人心想事成，最后都是被自己要找的人接走的。欸，那天我看到你男人了，长得好精神！是你丈夫还是未婚夫？”

“跟我同房那位沈太太，问你是我丈夫还是未婚夫？”舜蒂向子杰转述旁人对她的疑问。

十天后再访舜蒂的子杰闻言，嘴角扬了一下，说："全中国的三姑六婆齐到昆明来了。"

舜蒂旁敲侧击，自然是想子杰亲口说出"未婚夫"三个字。没听见标准答案，她有点小小失望，可是哪怕目的未达，听见子杰讥诮室友的风凉话，还是笑了。两人在上海短暂交往时，她就为子杰的幽默机敏所倾倒。任子杰如何胡扯，换人听来可能是轻言薄语，可从心上人嘴里说出来，却句句都戳中舜蒂笑点，把她乐得花枝乱颤。然而重逢后的子杰不但样貌比从前清瘦黝黑，人少言寡语，神态也落落寡欢，这之前，更是一句俏皮点的话都没说过。

昆明春城之名不虚传，舜蒂到后天天风和日丽。十来天后子杰如约而至，还开了一辆单位上借来的吉普车载美出游，舜蒂心花怒放，一扫等待期间的相思之苦，连埋怨的话都忘了多说。

有车方便，几个小时他们就把昆明转了一圈，最后落座在滇池旁边的露天茶座上等看落日余晖。舜蒂喜笑盈盈地坐在情郎身边。绿树蓝天，微风起浪，偌大滇池望不到边际，几艘颜色污浊的矮棚船水上摆荡。寻常风景此刻在舜蒂眼中远胜西湖。她感觉自己走了大半个中国，躲过日本人的机关枪，突破国统区的重重关卡，把脚上走起水泡，衣服穿出盐晶，就是为了这么一个和风蔼日，和子杰并肩而游的下午。

灰灰黑黑的小船摇近岸边，竟有游人准备下船。随着游客钻出船篷的动静，小船大幅摇晃，两个碧眼金发的外国人扶着一个年轻女子，一面保持平衡，一面大声嬉闹，引岸上人人侧目。舜蒂和子杰也随众望向三个嘻嘻哈哈、旁若无人的洋男华女。

“杰！嘿，杰！”哪知上了岸的洋人忽然老远对着子杰打起招呼。

子杰跟他们挥手致意，一面对舜蒂“你们认识”的问题解答道：“十四航空队的老美。新来的喜欢跟人打招呼。”他拉起舜蒂，对有可能走过来寒暄的外国熟人提高声音，用英语说：“你们好好玩，我得走了。”

回到车上舜蒂还在自己琢磨：“那个女的哪能嘎面熟啊？”一会她想起来了：“就是我们宿舍里那个南京来的，我跟你讲过，我刚搬进去头两天，天天在那里哭的……”

子杰不大耐烦地打断她道：“如果没搞错，回去你少理她。她是‘吉普女郎’。”

舜蒂笑道：“我现在坐吉普车上，我才是‘吉普女郎’。”

子杰眉头一皱，声音严厉起来：“勿要瞎讲！侬晓得‘吉普女郎’是啥？”

舜蒂被子杰的恶声搅得心里火起，也没了好气：“啥？”

“专门陪洋人的交际花！不懂不要瞎讲，好否？”子杰的声音很难听，忽然又改口说英语，道：“Grow up, shall you？”

舜蒂没仔细分辨，听口气也认定子杰最后那句英语是在骂她幼稚，就怒道：“我搬进去的时候，她还天天哭，她未婚夫是个陈世美，她还舍不得，怎么几天跟洋人游湖就成了交际花？哪个晓得她不是出来散散心？”

“散散心？你跑到昆明来也是散散心？儿戏！”子杰也借题发挥。

千辛万苦才重聚的两人，竟然为个不相干的人认真吵起架来。

眼看快到女子宿舍了。舜蒂不甘两人美好的一天结束在龃龉不断的车程上。短短沉默后，她放低姿态问子杰：“下次放假是啥辰光？”

稍早已经表态要回队上还车，不跟舜蒂一起吃晚饭的子杰把到点的车停了下来，目视前方，头都没转一下，生硬地说：“已经联络上你五姐和五姐夫，你准备一下，我过两天请好假送你去重庆。”

舜蒂一听炸了，举起手砰地在子杰肩膊上用力一捶，恨声道：“你这个人！哪能这样？重要的事题随随便便讲出来！”

再会讨女人欢心的男人，恐怕也搞不懂女人生气的逻辑。子杰哪里晓得电光石火之间，舜蒂话才出口之际，大脑已经自动加上当年男人突然宣告离沪的前账。

女人手劲有限，肉厚的地方狠挨一拳也不算痛，不过舜蒂过激的反应却让子杰受到惊吓，他本能地一闪，同时挥手自卫，旋即和舜蒂两肘相交，恍如格斗的起手式。子杰人瘦骨硬，情急之下，虽然意在自保却忘了控制力道，舜蒂感觉肘上剧痛，上身被震得向窗外一弹。

“动手动脚做啥么子！”子杰怒斥。

舜蒂正恼怒手肘被打痛了，竟又听见子杰先发制人，还抢了她的词，立刻气得失去理智，疯狂挥动两只手，对住子杰上半身乱拍。“动手动脚？自己动手动脚！讲啥人动手动脚？”

男女热恋时打闹，男的让女的在胸膛上拍几下权当撒娇，可是两人之间不但浓情已远，此时还正在论理。子杰怒啐一口：“嗟！”捉住舜蒂双手，把人向椅内一推，自己翻身欺上前去，怒道：“你这个女人讲不讲道理的啊？”

舜蒂被压制陷入车椅，那张朝思暮想的面孔近在眼前，好像嘴噘高一点就可以吻上对方的下巴。然而她记忆中的弯眉笑眼，又瞪成了铜铃，而且衬上黝黑瘦削的面庞、太阳穴旁爆出的青筋，柔情不再，只见狰狞，一下让她联想到的竟是，经过国统区时穷找他们流亡学生麻烦的卡哨上军人。

舜蒂奋力挣脱，子杰同时放手。静默虽只数秒，总是让人难堪。子杰叹一口气，道："就算我当你自己妹妹，你也要讲点道理！"

"自家妹妹？"舜蒂之怒一波未平一波再起，"你要不要面孔？你对妹妹都是这样子的吗？"

这话逻辑虽也曲折，可是子杰立刻领悟到了言外之意。在男人的记忆之中，昔日热吻的感情虽淡，形像未泯，可是他的惭愧只维持了一瞬间就烟消云散。因为舜蒂没有见好收风，反而语带讽刺，补上几句："我一个女人，说得出、做得到，千里迢迢从上海来寻你。你一个男人，'未婚妻'三个字，你都讲不出！"

"你跟我订婚了吗？"子杰暴怒反击。舜蒂的言语进耳时他的脑子自行剪裁，最后的解读是，舜蒂明讲暗示，就是要骂他"不是个男人"！

“你讲你‘千里迢迢’！请问啥人要你跑来昆明？”子杰早对舜蒂自做主张，以身犯险流亡大后方憋了一肚子气在那里。却也晓得她固然是轻率鲁莽，来给自己添乱，可是人家一个女孩子，也是鼓勇上路、为情吃苦，气归气，毕竟也有几分怜惜，多日以来尽力忍气吞声，维护隐忍。可是相骂无好语，积怨脱口而出，也是舜蒂态度粗恶，让他逮到了一个发泄内心不满的机会。

“程子杰，人讲言话良心要摆在正当中！”舜蒂嘴上还在顽抗，内心早已被子杰两句反问打趴。她嘴上不告饶，脑中自动重复着伤人的答案:“你没和我订婚”，“你没要我来找你”。

“大家都少讲两句好否？我要还车子。你下车好否？”子杰看看时间，态度软化，语带恳求。

舜蒂心中害怕不欢而散，感觉一住嘴就会被迫下车，开始东拉西扯，唯一的目的只是要把谈话继续下去:“急啥急要我下车？会得比你想送我去重庆还急？怕我在此地麻烦你是否？要去我自己会得去，啥人要你送了去？”

舜蒂说的话，句句都做了球给对方，只要子杰否定她提出的任何一条，舜蒂就算得到了下台阶。然而子杰眉头越锁越紧，却不再作声。舜蒂再说几句，也已词穷。车上两人僵坐无声，天色倏地昏暗了。

子杰清清喉咙开口。他明显不愿再燃战火，尽量放柔了声音道："你进去好吧？我车子回去迟了不行的呀。"

舜蒂赖在座上不下车。子杰看她一改先前嚣张气焰，垂头丧气的样子反而让他心生怜悯，不忍相逼，只能找话宽解："蒂蒂，不是我喜欢讲你，到处打仗你小姑娘瞎跑多少危险？你来寻我，我不通知你姐姐、姐夫，你屋里厢以后晓得要怪我的，是否？反正，你也晓得自己留在昆明勿来事，对吧？"

舜蒂低头不响，子杰转脸看到一颗泪珠滴落在她的裙子上。子杰暗暗摇头，长叹一口气，低声说："不是讲你从来不会得哭？"他停顿了一会，决定说出自己的心声："对不住，我晓得难为你了。你看看，我现在，哪能谈朋友呐？结婚更不要提，强虏未灭，何以为家？你冒冒失失跑来昆明真的吓到我了！"他把双手一摊："你自己讲，我不送你去你五姐那里哪能办？"

舜蒂转身抱住子杰，哇地哭倒他的怀中："走的时候，约好了我来寻你的呀！"

两人同时想到上海彼日，子杰突找舜蒂话别的情景。

子杰模糊记起，那天舜蒂好像是说过要自己回上海为她庆祝二十岁生日。可是现在仗还没有打完，个人生日又是什么大事？他根本连她生日是哪天都忘了。烽火连天中从上海到昆明，又不是从浦西跑到浦东，舜蒂不至于是为了这样一句闲话就横跨中国找他来了吧？

“会得作啊！”他心中叹息舜蒂真能找麻烦，却不敢说出来，只怕“作”这个字要重启争端。舜蒂一头秀发在他鼻尖磨蹭，子杰心中虽无一丝男女之事的联想，却也记起当时两人曾经形态亲密。可是他临行也明确表态要斩断情丝了啊。他清清楚楚记得，自己当时是怎么说的。

子杰温柔地把舜蒂推开一点，扶着她的双肩，看着她的眼睛，诚恳地说：“记得否？我讲过，不要你当寡妇。我也说到做到。你晓得否？跟我一期的同学已经牺牲了多少。我自己也不晓得哪天上去了就会得落不来。还是那句言话，我不要你当寡妇。也不要你留在昆明，我自己朝不保夕，哪能照顾你？我过两天调好假，送你去重庆你五姐那里，我才能安心，对你屋里厢才有交代。我跟你五姐夫电话上都讲好了，你不要担心，他们会得照顾你。”

这是两人在昆明重逢以来，子杰对她说的最长、内容最丰富的一段话，偏偏舜蒂听入耳的只有他不要这、他不要那。

她再度痛哭出声:“哇——你不要我了！讲嘎许多就是讲一句你不要我呀！”

子杰不同意舜蒂的说法。可是翻来覆去，再怎么美化，他也无法否认舜蒂总结正确：说到底，在上海、在昆明，不管在哪里，飞上天、掉下来，剩下的生命有多长，他都无意与她共。

舜蒂把从小到大没有流的泪一次哭够。子杰再铁石心肠，也不忍赶她下车。可是他再不归营还车，只怕要出乱子。他跳出车门，走到另一边把舜蒂抱了下来。舜蒂抽抽噎噎，知道自己一放手就是生离，死命抱住子杰脖子，缩着脚不让沾地。

子杰无奈，只好厚着脸皮把人横抱了进屋。房东太太迎上前问怎么了？舜蒂把脸深埋子杰肩窝，不抬头也不理会，子杰知她要无赖，只好替她遮盖道:“带她出去玩崴了脚不能走路，痛得一脸眼泪鼻涕，怕难看不好意思。”

房东太太忙请子杰把人抱进房间，自己拿了热水瓶替舜蒂去厨房打热水。子杰躬身进房，把舜蒂放低在床板上，使劲扳开舜蒂钩住自己脖子的手，趁旁边没人，压低声音严厉地说:“不要胡闹！”挣脱束缚，转身就走，口中还嘟囔了一声：“任性！”

舜蒂听见子杰口气这样不耐烦，想到自己追爱的努力付诸东流，心头涌上种种委屈，刚收的泪又流下来。等到她再听见门口子杰拦住房东太太，交代有急事现在要赶回去，预告舜蒂几日后退房，他会来结账云云，更晓得大势已去。她从上海冒着生命的危险寻来又怎样？他说又没订婚！他根本不承认他们有过约定。舜蒂心想，哪怕她现在就死过去，子杰也是铁了心不要她的了！

舜蒂放声而哭。落到了这个地步，她不知道除了哭，自己还能怎么办。她哭了很久，有力气的时候大声点，哭累了，啜泣一下，权当休息。她专心哭着，没有听见外面有人问了几次："怎么回事？哪个哭那么久，哭给谁听啊！"

少女舜蒂才不在乎有没有谁听见她哭。难得一恸，不出清累积的绝望和屈辱，哪里停得下来？

中年舜蒂抱着大床上那只很久没人用过的干净枕头，痛哭不止，一样停不下来。

从还是任性少女在昆明被爱人抛弃，尽情宣泄心情之后，舜蒂再度累积超过二十年的绝望和屈辱又已满溢。这其间，她经历了胜利之后漫漫的回乡之路，回沪后费劲力气才洗脱

“程某弃妇”之名，重新活跃在社交场上，偏又遭逢大陆政局更迭，被迫投奔香港大姐家。香港的上海帮圈子更窄、流言更多，愈发增加了大龄女择偶的困难。是时代蹉跎了她的青春和婚姻。十七岁就开始寻觅良人的舜蒂到了三十岁，才抱憾下嫁一个她以前绝对看不上的男人。可悲的是，婚姻没有让她的美梦成真，对人生的妥协只带给她更深的幻灭。

“命不好啊！”舜蒂为自己悲哀。绍兴戏里多少妙龄小姐私定终身都成了状元夫人，她却碰到情郎负心。西洋童话里的公主只要愿意俯身亲吻癞蛤蟆，王子就会现身，可是她的乡下人丈夫不疼她爱她，她预期的人生“快乐结局”已经遥不可及。

她专心倾泄，没有闲暇顾及此时此刻会有谁听得到她的哭声。

庆吾自锁房中避战已是气闷，楼下哭声穿墙而至，让他更加心烦意躁。结婚以来，庆吾首次听见舜蒂大哭，号啕之声还透过楼板。忍无可忍，他比当年昆明女子宿舍里的室友们还不客气，直接对着地板用土话大吼:“你个婆娘号么子号？老子还莫死啊！”

楼下哭声经他一吼，似乎变本加厉。庆吾气得搓手跺脚，却无计可施，自感窝囊到家。

家里的天天找事情吵哪个男人受得了？他面对咄咄逼人的老婆，一贯采取“苗头不对，即刻走开”的闪避战法，全是为了自保。今晚他见机得早，趁舜蒂还没开始无理取闹，就已躲到了安全地带。按照经验，舜蒂至多在楼梯前骂几声，这关就算过了。没想到对方竟然发动新攻势，夜深人静了还鬼哭狼嚎，让人不得安宁。他最后气得打开房门，对着楼下大骂：“作吧你就作吧！三更半夜还让不让人活了？讲个触啥霉头，就犯了天条，想气死我你好做寡妇是否？”

虽然庆吾五十来岁脑溢血，在马场买马时忽然倒地身亡，跟隔着楼板吵架那夜时间相隔小十年，不算是一语成谶。他和舜蒂结婚不到三年就琴瑟失调，夫妻之间大吵小闹鲜有安宁之日是事实，可是庆吾家族遗传的高血压，本身烟酒不断、欠缺运动、嗜吃肥肉，恐怕才更是中风早逝的理由。在没有任何证据指向妻子给丈夫的压力是元凶的情形下，舜蒂实在不必一个劲儿把“慢性谋杀”这样大的罪名，往自己身上揽，还在葬礼上对每一个上前慰问未亡人的吊唁来宾，自责害庆吾早死。

哪怕一生志业止于成家，再怎么说，舜蒂也是进过洋学堂、流亡过大后方的时代女性。丈夫的追思仪式短短几十分钟，她从进场时那个梳着一丝不乱发髻，身着得体黑旗袍，符合身份的高贵未亡人，到葬礼尾声时变身疯狂嘶吼的师奶，真是吓坏了在场所有来宾。代替致祭答礼的陆家晚辈，几个人上前也拉不住她捶胸顿足、呼天抢地，纷纷疑问："安娣哪能呐？""小阿姨怎么回事？"

也有宾客悄悄议论："今朝'作'过头了否？"

自虐还差不多，舜蒂这哪儿是"作"？当胡闹没有目的，一切做作不是手段，不想引人注目却不在乎旁人讪笑围观，舜蒂的脱序行为已经失去了公认上海女人最擅长的"作"之精神。

不过也难怪众人吃惊。舜蒂最早得知丈夫噩耗时，确实因为夫妻长期交恶，感情冷淡，虽然也表示难过，还真没有过多伤痛，看似只把所有精神用在清点资产，确保自身权益。她还一直亲自安排打点葬礼琐事，到发丧之前都很冷静自持，人前言行恰如其分。

一直到了丧礼这天，开始不对劲了！出家门前舜蒂跟姐姐通电话，明明聊到的是行礼流程，竟然提起了几十年前的初恋男友："他们讲按照规矩老婆不能答礼。哦，死了丈夫，寡妇就不好见人了？十七岁程子杰就怕我当寡妇，四十年过去，今朝还是当了寡妇。有寡妇命，嫁给啥人都会的当，早知当初，何必怕嫁不出去嫁给盛庆吾？弄得伊天天寻我吵相骂，自己也气得早死！"

说几句还跑题，都是些相互不搭界的话题："刚刚我才想到，我一生最危险的时候就是从上海跑到昆明，如果死在去大后方的路上，算不算替男人殉情呢？我一想，后来我活到现在，过的日子都是多出来的。盛庆吾真作孽！"

不过舜蒂平时也爱说话，虽然这天时间地方都不合适，听的人只感突兀与不耐，却没人太注意她忽然之间胡话特别多了起来。

奔赴殡仪馆的路上，舜蒂跟开车来接她的几个小辈聊天："葬礼上的未亡人和婚礼上的新娘是一样的，女人这天是主角，被大家当成宝贝、公主、王后。只不过婚礼把爱情送进坟墓，今朝葬礼把我的男人送进坟墓。"

负责护送的陆家晚辈不知道阿姨是不是还有心情讲玩笑话，反正当成闲话听听。闻言诺诺，未置可否。没想到这都是舜蒂失态的先兆。

庆吾遗体送焚化区时，事先讲好的按风俗舜蒂须回避，却要陆家派出几个壮丁才拦住非要亲眼看到丈夫化为灰烬的未亡人。老年舜蒂泪水溃堤，哇哇狂号："你们好狠心呀，最后一眼呀！好狠心呀！"

大姐夫陆永棠讶异地向妻子感叹道："吾以为伊两个天天吵相骂，哪个会得晓得侬妹妹、妹夫感情嘎好？！"

大姐兰熹替妹妹不顾仪态感觉丢人，低声怒道："十三点！勿作大，伊勿会得停咯！"气自己妹妹好像闹的乱子不够大，还就停不了了！

舜蒂对旁边的人说什么都恍若未闻，她已经不管不顾。这次她没躲在房里，而是在众人之前公然大哭，在场的听见虽然同情，对她过激的表现也都感不以为然。虽然没人出面喝止，却也都暗暗希望她赶快打住，再搞下去，不但丧家颜面尽失，亲友感觉难为情，葬礼也要变成闹剧了。可是天下人都看到了舜蒂的眼泪，却没有人懂得她的伤心。谁会知道素来看似感情粗枝大叶，让人觉得拿得起放得下的舜蒂，一生追爱不遂，心中始终纠结。少女时期被爱人用以威胁的噩梦今日成真，多年累积的绝望和挫折感再度满溢，她的悲伤全盘爆发，没有出清之前，哪里停得下来？

图书在版编目（CIP）数据

四季红 / 蒋晓云著 . -- 上海 : 文汇出版社，2020.8

（民国素人志）

ISBN 978-7-5496-3126-1

Ⅰ . ①四… Ⅱ . ①蒋… Ⅲ . ①短篇小说 – 小说集 – 中国 – 当代 Ⅳ . ① I247.7

中国版本图书馆 CIP 数据核字 (2020) 第 027988 号

四季红

作　　者／ 蒋晓云
策划统筹／ 林妮娜
责任编辑／ 何　璟
特邀编辑／ 赵丽苗　周雨阳
装帧设计／ 朱　琳
内文制作／ 杨兴艳
责任印制／ 史广宜
出　　版／ 文匯出版社
上海市威海路 755 号
（邮政编码 200041）
发　　行／ 新经典发行有限公司
电　　话／ 010-68423599　邮　　箱／ editor@readinglife.com
印刷装订／ 北京盛通印刷股份有限公司
版　　次／ 2020 年 8 月第 1 版
印　　次／ 2020 年 8 月第 1 次印刷
开　　本／ 890×1270　1/32
字　　数／ 107 千
印　　张／ 7

ISBN 978-7-5496-3126-1
定　　价／ 49.00 元